SEDUCCIÓN TOTAL

ANNE MARIE WINSTON

Editado por HARLEQUIN IBÉRICA, S.A.
Núñez de Balboa, 56
28001 Madrid

© 2006 Anne Marie Rodgers
© 2015 Harlequin Ibérica, S.A.
Seducción total, n.º 2043 - 27.5.15
Título original: The Soldier's Seduction
Publicada originalmente por Silhouette® Books.
Este título fue publicado originalmente en español en 2006

I.S.B.N.: 978-84-687-6034-6
Depósito legal: M-5823-2015
Impresión en CPI (Barcelona)
Fecha impresion para Argentina: 23.11.15
Distribuidor exclusivo para España: LOGISTA
Distribuidor para México: CODIPLYRSA
Distribuidores para Argentina: Interior, DGP, S.A. Alvarado 2118.
Cap. Fed./Buenos Aires y Gran Buenos Aires, VACCARO HNOS.

Capítulo Uno

No era lo que había esperado.

Wade detuvo el coche de alquiler junto a la acera y observó la casa de dos plantas, modesta pero acogedora. La casa de Phoebe.

Apagó el motor y se apeó del coche. De la puerta de la casa colgaba una corona de flores de colores otoñales, y en el segundo peldaño de las escaleras del porche había una calabaza hueca con flores altas en tonos dorados, burdeos y marrones dorados, la decoración típica de Halloween.

Wade había imaginado que Phoebe viviría en un apartamento, no en una casa unifamiliar. Cuando unos meses atrás regresó por fin a California se imaginó cómo sería volver a verla, pero se enteró de que Phoebe se había ido de California poco tiempo antes. No quiso recordar la terrible tristeza que se apoderó de él, una decepción tan abrumadora que le hizo sentir unas incontenibles ganas de sentarse y llorar.

Algo que por supuesto no hizo. Los soldados no lloraban. Y menos los soldados tan condecorados como él.

El regreso a casa fue duro. Solo dos meses antes

3

de resultar herido en combate había estado allí para el funeral de su madre. Durante el tiempo que duró su recuperación, su padre había intentado por encima de todo mantener las cosas como siempre, aunque sin su madre era una tarea bastante imposible.

Wade preguntó a varias personas por el paradero de Phoebe, pero nadie parecía saberlo. Al mes de estar en casa, estaba tan desesperado que empezó a investigar. La secretaria del instituto no conocía su nueva dirección. Una rápida búsqueda en Internet tampoco obtuvo ningún resultado. Por fin llamó a Berkeley, la universidad donde Phoebe había estudiado la carrera, pero allí tampoco quisieron, o pudieron, darle información.

Estaba a punto de plantearse en serio contratar a un detective privado cuando se le ocurrió llamar a June, la única amiga de Phoebe aparte de su hermana gemela, Melanie.

Ponerse en contacto con la amiga de Phoebe fue la solución. Phoebe le había mandado una felicitación de Navidad cuatro meses después de mudarse, y gracias a Dios June había guardado la dirección.

El paradero de Phoebe también resultó una sorpresa. Se había mudado a la Costa Este, a una pequeña ciudad al norte del estado de Nueva York.

Paradójicamente, él conocía bien la zona. El nuevo hogar de Phoebe estaba a menos de una hora de West Point, la academia militar donde había pasado cuatro largos años esperando impaciente la llegada del día de su graduación para poder convertirse en un auténtico soldado.

De haber sabido lo que le esperaba en el campo de batalla, no habría estado tan impaciente.

Subió las escaleras del porche con cuidado. Los médicos le habían asegurado que se había recuperado por completo, al menos para la vida civil, pero el largo vuelo desde San Diego al aeropuerto Kennedy de Nueva York había sido mucho más duro de lo esperado y había dejado su huella. Probablemente lo más razonable hubiera sido buscar un hotel para pasar la noche y buscar a Phoebe al día siguiente, ya más descansado.Pero no había podido esperar ni un momento más.

Se detuvo delante de la puerta principal de la casa y llamó con los nudillos, pero no obtuvo respuesta. Phoebe no estaba en casa.

Exhausto, apoyó la cabeza en el marco de la puerta. Estaba impaciente por verla. Pero… Echó un vistazo al reloj. Ni siquiera había pensado en la hora. Apenas eran las cuatro de la tarde.

La última vez que la vio, Phoebe era profesora del primer curso de primaria. Si seguía trabajando en lo mismo, no tardaría en llegar, se dijo con alivio.

Si no estaba casada, pensó, lo normal era que necesitara trabajar para mantenerse, y June no había oído nada de que se hubiera casado. Además, Wade sabía que mantenía su nombre de soltera porque lo había comprobado en la guía de teléfonos de la zona: P. Merriman.

Bien, se dijo. Esperaría.

Giró sobre sus talones para volver al coche, pero un balancín con cojines en el porche llamó su atención. Decidió sentarse allí a esperarla.

Si Phoebe estuviera casada, él no estaría allí, se aseguró. Si estaba casada, la dejaría en paz y no intentaría volverse a poner en contacto con ella.

Pero estaba bastante seguro de que no lo estaba.

Y a pesar de todas las razones que tenía para mantenerse lejos de ella, a pesar de que se había portado como un imbécil la última vez que estuvieron juntos, no había conseguido olvidarla. Y tampoco había logrado convencerse de que su fugaz relación había sido un error. Durante los largos meses de recuperación y terapia que siguieron a su lesión, apenas pensó en otra cosa.

Pero prefirió no llamarla ni escribirle. Quería verla en persona para saber si había alguna probabilidad de que le dejara entrar de nuevo en su vida.

Suspirando, Wade sujetó uno de los cojines y apoyó en él la cabeza. Si las cosas no se hubieran torcido tanto al final… Ya era bastante terrible que la hermana gemela de Phoebe, Melanie, hubiera muerto por su culpa. Indirectamente, pero por su culpa. Y empeoró aún más la situación al hacer el amor con Phoebe después del entierro para, acto seguido, salir huyendo.

***

Phoebe Merriman dio un respingo cuando el teléfono móvil de su coche empezó a sonar. Apenas la llamaban, y si lo tenía era principalmente para que la joven que estaba al cuidado de Bridget pudiera localizarla en caso de emergencia.

Asustada, miró el número de teléfono. Era el de su casa.

–¿Diga?

–¿Phoebe? –Angie, la canguro, habló casi sin aliento, angustiada.

–Angie, ¿qué ocurre?

–Hay un hombre sentado en el porche. En el balancín.

–¿En el balancín? ¿Y qué hace?

–Nada –Phoebe se dio cuenta de que Angie no estaba sin aliento, sino susurrando–. Ha llamado a la puerta una vez, pero no he abierto, y se ha sentado en el balancín. Por eso te llamo.

–Has hecho bien –le aseguró–. Si solo está allí sentado, quédate dentro y no abras la puerta. Estoy a un par de manzanas de casa.

Phoebe aparcó unos minutos después en el sendero de su casa sin colgar el móvil y vio el coche gris de alquiler aparcado delante de la casa.

–Vale, Angie –dijo–. Ya he llegado. Quédate donde estás hasta que yo entre.

Phoebe respiró profundamente. ¿Debía llamar a la policía? Por lógica, el hombre que estaba esperando en el porche no era un criminal, ya que no se quedaría a plena luz del día y delante de todo el vecindario. Sin embargo, por precaución, se colocó las llaves entre los dedos con una llave hacia afuera, como había aprendido en la clase de defensa personal. Después, giró sobre sus talones y se dirigió hacia el porche.

Al llegar, vio al hombre alto y fuerte que empezó a levantarse del balancín. Se dispuso a enfrentarse a él.

–¿Qué ha…? ¡Wade!

¡No podía ser!

Wade estaba muerto.

Le flaquearon las rodillas y tuvo que sujetarse a la barandilla. El llavero se le fue de la mano y cayó al suelo.

–Eres… eres Wade.

Claro que era Wade.

Él sonreía, pero la observaba con extrañeza, a la vez que daba un paso hacia delante.

–Sí. Hola, Phoebe.

–Pe-pe-pero…

La sonrisa se desvaneció cuando ella dio un paso hacia atrás.

–¿Pero qué?

–¡Creía que habías muerto! –exclamó ella.

Sin fuerzas, Phoebe se sentó en el primer escalón, dejó caer la cabeza sobre las rodillas y tuvo que contener un fuerte deseo de romper a llorar histéricamente.

Los pasos de Wade resonaron en el porche al acercarse a ella y sentarse a su lado. Le puso una mano en la espalda.

–Dios mío –susurró ella–, estás aquí, ¿verdad?

–Sí, estoy aquí.

Era sin duda Wade. Phoebe reconocería esa voz en cualquier lugar, y sintió el impulso de meterse entre sus brazos y acurrucarse contra él.

«Pero nunca ha sido mío», se recordó.

–Siento que te sorprenda tanto –dijo él, con voz grave y cargada de sinceridad–. Creyeron que estaba muerto durante un par de días, hasta que pude regresar a mi unidad. Pero eso fue hace meses.

–¿Cuánto hace que has vuelto?

Lo enviaron al frente inmediatamente después del entierro de Melanie. El recuerdo despertó otros que ella había deseado olvidar desesperadamente, y se concentró en su respuesta, para no rememorar el pasado.

–Poco más de un mes. Te he estado buscando –Wade titubeó un momento–. June me dio tu dirección y ella sabía que había sobrevivido. Pensé que ella, o alguna otra persona, te lo habría dicho.

–No.

Aunque mandó una tarjeta de Navidad a June, apenas se había mantenido en contacto con ella.

Se hizo un silencio. Phoebe tuvo la sensación de que él tampoco sabía qué decir y...

¡Bridget! ¡Por un momento se había olvidado de su propia hija! Phoebe se puso en pie de repente y dio la espalda al hombre que había amado durante toda su adolescencia y su juventud.

–Voy... voy a dejar mis cosas dentro–dijo–. Después podemos hablar.

Le temblaban las manos, empapadas en sudor,

y se le volvieron a caer las llaves al suelo. Antes de poder reaccionar, Wade llegó a su lado y las recogió.

–Gracias.

Phoebe sujetó las llaves con cuidado, sin tocarle la mano, y por fin logró meterla en la cerradura y abrir la puerta principal.

La realidad se impuso inexorablemente. Wade Donnelly estaba vivo y quería hablar con ella. Y ella tenía que decirle que había tenido una hija suya.

Al oírla entrar, Angie corrió hacia ella, pero Phoebe se llevó el dedo a los labios para indicarle que no hablara. Atravesó la casa hasta la cocina, en la parte posterior de la vivienda.

–Escucha –dijo allí a la canguro, sin alzar la voz–, no hay nada de qué preocuparse. Es un viejo amigo a quien hace mucho que no veo. ¿Puedes quedarte un poco más por si Bridget se despierta?

–Claro –respondió la joven, con los ojos muy abiertos.

–Voy a hablar con él afuera. No… no lo voy a invitar a entrar, y no quiero que sepa que tengo a Bridget. Por eso te pido que no salgas.

Angie asintió, con una sonrisa en los labios.

–No te preocupes. No quiero causarte ningún problema.

Phoebe estaba yendo hacia el salón, pero se detuvo.

–¿Causarme problemas?

–Con gente de tu pasado –respondió Angie, con un gesto de complicidad–. Sé que hoy en día mucha gente tiene hijos sin casarse, pero si no quieres que la gente de tu pasado lo sepa, es asunto tuyo.

Phoebe abrió la boca, pero la cerró bruscamente antes de que se le escapara una histérica carcajada. Angie creía que escondía a Bridget porque se avergonzaba de tener una hija ilegítima. ¡Ojalá fuera tan sencillo!

Tragó saliva y salió de nuevo al porche, cerrando la puerta tras ella. Wade estaba de pie, apoyado en uno de los postes del porche. Cielos, había olvidado lo alto y grande que era.

Lo observó un momento en silencio e intentó reconciliar el dolor que había sido su continuo acompañante en los últimos seis meses con la realidad de verlo de nuevo con vida y aparentemente en buen estado. Wade llevaba el pelo negro y ondulado bastante corto en comparación con la melena que había lucido en el instituto, aunque más largo que la última vez que lo vio, cuando llevaba un corte militar de apenas unos milímetros. Seguía teniendo los hombros anchos y musculosos, las caderas estrechas y el vientre plano; las piernas eran tan fuertes como cuando jugaba en el equipo de fútbol americano del instituto. Habían pasado casi doce años desde entonces, cuando ella era solo una adolescente totalmente enamorada de su vecino, unos años mayor que ella.

Phoebe se dio cuenta de que Wade la estaba mirando, con unos ojos grises tan transparentes y penetrantes como ella recordaba bajo las pobladas cejas oscuras. Se ruborizó y cruzó los brazos delante del pecho, tratando de tranquilizarse. Respiró profundamente antes de hablar.

—¿Por qué informaron de tu muerte si no estaban seguros? —preguntó ella con voz temblorosa al recordar la agonía que sintió cuando se enteró de que Wade había muerto para siempre—. Leí sobre tu entierro…

Interrumpió la frase al darse cuenta de que en realidad había leído sobre los planes para el entierro. En la nota necrológica.

Wade parpadeó, y en sus ojos Phoebe vio un destello de dolor.

—Fue un error —explicó él—. Encontraron mi placa de identificación, pero no mi cuerpo. Cuando se corrigió el error, ya habían informado de que había muerto en combate.

Phoebe se llevó una mano a la boca, luchando contra las lágrimas que pugnaban por salir.

—Me hirieron —continuó él—. En el caos que siguió a la explosión, un hombre afgano me escondió. Tardó tres días en establecer contacto con los míos, y entonces fue cuando se dieron cuenta del error. Claro que entonces ya se lo habían dicho a mucha gente. Y por cierto —añadió—, no hubo ningún entierro. Mis padres lo planearon, pero al final se canceló. Supongo que no fuiste, o te habrías enterado.

Phoebe abrió la boca, pero la cerró de nuevo y se limitó a sacudir la cabeza. Tenía ganas de llorar. No podía decirle que estaba dando a luz a su hija.

—No pude ir —dijo, dándole la espalda. Se acercó al balancín y se sentó—. Utilicé todo el dinero que tenía para mudarme aquí e instalarme.

No era del todo mentira. Había tenido suerte de encontrar aquella casa.

—¿Por qué te fuiste? —preguntó él, de súbito—. ¿Por qué elegiste mudarte al otro extremo del país? Sé que casi no tienes familia en California, pero allí están tus raíces. Allí creciste. ¿No lo echas de menos?

Phoebe tragó saliva.

—Claro que lo echo de menos.

«Inmensamente. Echo de menos las playas de arena y el agua helada del Pacífico, los días cálidos y las noches frescas que apenas varían. Echo de menos ir hasta Point Loma, o Cardiff a ver la migración de las ballenas en otoño. Incluso echo de menos la locura de conducir en las autopistas y el peligro de incendios. Pero sobre todo, te echo de menos a ti».

—Ahora mi vida está aquí.

—¿Por qué?

—¿Por qué qué?

—¿Qué hace que el norte del estado de Nueva York sea tan especial como para que vivas aquí?

Phoebe se encogió de hombros.

—Soy profesora. Dentro de dos años tendré una plaza fija y no quiero volver a empezar otra vez desde cero en otro sitio. El salario es bueno y el coste de vida bastante más manejable que en el sur de California.

Wade asintió.

–Ya.

Se sentó junto a ella en el balancín, cerca pero sin tocarla. Alargó el brazo por el respaldo del balancín y se volvió ligeramente hacia ella.

–Me alegro de volver a verte –su voz era cálida, sus ojos mucho más.

Phoebe casi no pudo respirar. Wade la miraba como siempre había soñado. Cuando él era demasiado mayor para ella, cuando él era el novio de su hermana, y últimamente, cuando lo creía muerto y estaba criando sola a su hija. A la hija de los dos.

–Wade… –Phoebe estiró una mano y le posó la palma suavemente en la mejilla–. Me alegro mucho de que estés vivo. Yo también me alegro de verte, pero…

–Cena conmigo esta noche.

–No puedo –dijo ella, y empezó a retirar la mano.

Pero él la sujetó y giró la cara, buscándole la cremosa piel con los labios.

–Entonces, mañana por la noche –le susurró sobre la piel.

Ella sacudió la cabeza, sin poder hablar.

–Phoebe, no aceptaré una negativa. No me iré hasta que aceptes –le aseguró él con firmeza.

Phoebe se echó hacia atrás y él finalmente le soltó la mano. Cenar con él no era una buena idea. Wade todavía le afectaba demasiado.

Había madurado mucho desde su maternidad. Ya no creía en el amor de las novelas rosas, al menos no en el amor mutuo y correspondido. Y ahora sabía que lo que ocurrió entre Wade y ella aquel día en la cabaña no fue más que la reacción del novio de su hermana ante su inesperada muerte.

Ahora Wade estaba allí, confundiéndola, despertándole sentimientos que había enterrado hacía más de un año. Deseó poder retroceder una hora en el tiempo y volver a casa sin encontrárselo en el porche.

Pero tenía que hablarle de Bridget.

Unas semanas antes de la noticia de su falsa muerte se dio cuenta de que no podía seguir ocultándole el hecho de que tenía una hija. Sin embargo, decírselo por teléfono o en una carta era impensable, y se había prometido ir a visitarlo donde estuviera destinado en cuanto pudiera viajar de nuevo.

Pero aún no. No podía invitarlo a entrar en una casa llena de juguetes y libros infantiles. Y además, Angie tenía clase por la tarde, por lo que no podía quedarse mucho más rato con la pequeña. Phoebe tenía que encontrar la forma de librarse de él y pensar en la mejor manera de hablarle de su paternidad.

—Está bien —dijo ella—. Cenamos mañana por la noche, porque tengo que decirte una cosa.

Wade alzó una ceja, pero ella no explicó nada más.

—¿Paso a recogerte a las siete?

—Mejor quedamos allí.

Wade estaba alojado en un hotel en el extremo

opuesto de la ciudad que tenía un buen restaurante, y Phoebe sugirió que quedaran allí. Después, de pie desde el porche, lo observó caminar hasta el coche.

Él le sonrió antes de montarse.

–Hasta mañana por la tarde.

–Hasta mañana.

Mientras contemplaba cómo el coche se alejaba, Phoebe se preguntó si no sería más fácil desaparecer. Cualquier cosa sería más fácil que decirle a Wade que era padre. El padre de su hija.

Los recuerdos la bombardearon.

Tenían doce años. Su hermana gemela Melanie estaba a su lado montada en una bicicleta rosa idéntica a la suya violeta, y las dos observaban a los niños del vecindario jugando al béisbol en el parque.

–Cuando sea mayor me casaré con Wade –anunció Melanie.

Phoebe frunció el ceño.

–Él será mayor antes que nosotras –dijo–. ¿Y si se casa antes con otra?

La idea de que Wade Donnelly se casara con otra le provocaba un nudo en el estómago. Wade vivía en la casa de enfrente a la suya, y tenía cuatro años más que ellas. Phoebe había estado siempre enamorada de él.

–No se casará con nadie más –dijo Melanie, con total convicción–. Haré que se enamore de mí, ya lo verás.

Y así fue.

En el último año de instituto, Melanie empezó a llevar a cabo su plan. Phoebe fue al baile de graduación con Tim DeGrange, Melanie se lo pidió a Wade, a pesar de que acababa de licenciarse en West Point aquel año, para sorpresa de Phoebe, Wade aceptó.

Para Phoebe fue una de las noches más largas y tristes de su vida. Melanie se había pasado toda la velada pegada a él, tan apuesto en su nuevo uniforme de gala.

Aquel fue el principio. Melanie y Wade salieron durante todo el verano, hasta que terminó el permiso y Wade tuvo que regresar a la base. Para Phoebe, verlos juntos fue un infierno, pero el dolor se agravó cuando Melanie empezó a salir con otros chicos a pesar de seguir saliendo oficialmente con Wade.

–No nos debemos fidelidad, Phoebe – se justificaba Melanie.

–Wade cree que le eres fiel –Phoebe estaba segura de ello.

Durante todo el verano, había sido dolorosamente consciente de la devoción de Wade hacia su hermana.

–No creo que quiera que me quede en casa mientras él está fuera –le aseguró Melanie–. No se ha ido de vacaciones. Está en el Ejército.

–Si vas a salir con otros chicos, deberías decírselo.

Pero Melanie no le había hecho caso. Lo que no era ninguna novedad. Melanie nunca había escuchado las advertencias ni los consejos de su hermana.

Wade no tardó mucho en darse cuenta de que el afecto de Melanie por él era menos de lo que él deseaba. Y a Phoebe se le partió el corazón cuando él volvió otra vez de permiso y Melanie no estaba esperándolo.

Rompieron de forma definitiva un año y medio después, en las Navidades del primer año de las gemelas Merriman en la universidad. Phoebe solo conoció algunos detalles de la ruptura, porque había estudiado en Berkeley, varias horas al norte de Carlsbad, su ciudad natal, mientras que Melanie había preferido quedarse más cerca de casa.

A pesar de que las hermanas se mantuvieron en contacto, Melanie no le dio muchos detalles de lo ocurrido. Phoebe, siempre temerosa de que su hermana se diera cuenta de la atracción que sentía por Wade, nunca le había preguntado.

Tras la ruptura, las visitas de Wade a Carlsband se fueron distanciando, y aunque sus padres vivían tan solo dos casas más allá de la suya y de vez en cuando comentaban los viajes de su hijo con su madre, nunca dieron bastante información para satisfacer el hambriento corazón de Phoebe. Y cuando su madre murió al final de su segundo año en Berkeley, prácticamente dejó de saber de él.

Hasta que cinco años más tarde llegó la fiesta de los antiguos compañeros de instituto de Melanie y Phoebe. Melanie invitó a Wade, y entonces todo cambió para siempre.

Capítulo Dos

Al día siguiente, Wade estaba preparado quince minutos antes de la hora. Bajó al bar del restaurante y se sentó en una mesa cerca de la puerta. Y apenas diez minutos después llegó Phoebe. También antes de la hora.

Wade lo tomó como una buena señal. ¿Seguiría deseando estar con él tanto como él con ella? La conversación del día anterior en el porche no lo dejó claro. Por un momento, tuvo la sensación de que Phoebe estuvo a punto de caer en sus brazos; pero unos minutos después su actitud se tornó distante y poco habladora.

¿Cómo no se había dado cuenta de lo hermosa que era en todos los años que habían vivido en la misma calle?

Wade supo la respuesta mientras la veía acercarse.

Las dos gemelas Merriman habían sido guapas, pero Melanie, con el espectacular rubio rojizo de su pelo, la piel de porcelana y los ojos tan azules que parecían un pedazo del cielo, siempre atrajo más la atención. Phoebe, con los rizos cobrizos y ojos azules más oscuros, era también muy guapa, pero su carácter callado y reservado la dejaba siempre en segundo plano. Cosa que a él le gustaba más. Melanie había sido inestable, con cambios de humor impredecibles y un sempiterno deseo de ser el centro de atención que resultaba agotador.

Cuando estaba de buen humor era irresistible, siempre interesada por algo, siempre buscando algo que hacer, pero cuando algo la molestaba, era insoportable.

Phoebe era más tranquila y apacible. Siempre le pareció muy autosuficiente. Cuando Melanie tenía un problema, siempre recurría a su hermana gemela.

Melanie. Había logrado no pensar en ella durante mucho tiempo. Parecía inconcebible que en lugar de seguir disfrutando de la vida en el sur de California, hubiera quedado para siempre en su recuerdo a la joven edad de veintitrés años.

La misma edad que tenía Phoebe cuando él se dio cuenta de que llevaba años persiguiendo a la gemela equivocada.

Al acercarse, Wade se empapó de todos los detalles de su aspecto físico. Tenía la melena más larga que antes, que llevaba sujeta en un recogido con una pinza. Llevaba una falda recta de color caqui y una chaqueta de punto en un tono azul verdoso, un conjunto aparentemente modesto y recatado pero que dejaba ver las pantorrillas torneadas y los tobillos mientras que la camiseta sin mangas que llevaba bajo la chaqueta le marcaba delicadamente las curvas.

En lugar de mirarlo a él, Phoebe miraba al suelo, y por un momento Wade sintió miedo. No había dejado de pensar en ella desde la última vez que la vio. Incluso en mitad de un combate o conduciendo a las tropas, había llevado su recuerdo en lo más profundo de su mente.

Los remordimientos, y ser enviado al frente al otro extremo del mundo, lo mantuvieron alejado de ella después del entierro de Melanie, pero estar a punto de perder la vida en las montañas de Afganistán le hizo darse cuenta de lo importante que era intentar crear una vida y un futuro con Phoebe.

¿Había esperado demasiado? Habían pasado quince meses desde la fatídica fiesta de antiguos alumnos del instituto, la muerte de Melanie y la inesperada intimidad entre los dos después del entierro.

¿Se arrepentiría Phoebe de lo sucedido? Peor aún, ¿lo culparía por la muerte de Melanie? Aquella noche, él había ido al baile con Melanie y era consciente de lo posesiva que podía ser. Sin embargo, al abrazar a Phoebe en la pista de baile, se olvidó de todo excepto de lo que surgió de repente entre ellos.

Tras la sorpresa inicial del día anterior, Phoebe había estado demasiado distante. Siempre fue reservada, pero nunca con él. Y a él le gustaba hacerla reír, incluso cuando eran más pequeños, pero nunca se dio cuenta de lo relajada y tranquila que estaba ella siempre con él.

Algo que no fue así la tarde anterior en el porche.

Quizá tuviera una relación sentimental seria, aunque no estuviera casada ni prometida, o al menos eso supuso al ver que no llevaba anillo y que no había cambiado su apellido de soltera. «Tengo algo que decirte», le había dicho ella, y él cruzó los dedos para que no fuera la presencia de otro hombre en su vida. De joven fue un idiota al no darse cuenta del tesoro que tenía al lado, pero ahora lo sabía y no permitiría que nadie se lo arrebatara.

Phoebe sería suya.

—Hola —dijo ella—. ¿Llevo el carmín corrido o algo así? —preguntó, extrañada.

—No —dijo él, dando un respingo y sonriendo pícaramente—. No, es que no podía apartar los ojos de ti.

Se puso en pie para apartarle la silla y sorprendido vio que ella se ruborizaba profundamente.

—Estás preciosa —dijo él, sentándose de nuevo frente a ella—. Ese color te resalta el azul de los ojos.

—No tienes que decir eso —dijo ella, aún con las mejillas encendidas—. Melanie era la guapa de la familia.

—Una de las guapas —le corrigió él, estudiando el rostro impasible que tan bien recordaba—. Melanie siempre se esforzaba en llamar la atención y lo conseguía. Tú hacías lo contrario y conseguías pasar casi siempre desapercibida. Toda una hazaña, para una mujer tan hermosa como tú.

Phoebe lo miró a la cara. Por fin.

—Gracias —susurró.

Sus ojos se encontraron y él volvió a ver con una claridad estremecedora que estaban hechos el uno para el otro, algo que no había sentido con ninguna otra mujer y que volvió a sentir el día anterior cuando ella apareció en el porche. Si no, no estaría allí ahora.

Recordó perfectamente la primera vez que tuvo la misma sensación al verla. Era curioso que después de haber vivido siempre en la misma calle y conocerse desde la infancia, él no se hubiera dado cuenta hasta aquella noche de que ella era la mujer con quien quería pasar el resto de su vida.

Wade estaba de pie junto a la barra y terminó el refresco, observando a su pareja. Melanie estaba sentada en el regazo de un joven, en una mesa cercana, riendo a carcajadas y bebiendo sin parar. Se ladeó hacia un lado y estuvo a punto de caerse del regazo del joven. Wade entonces se dio cuenta de lo borracha que estaba. ¿Por qué había pensado siempre que era la mujer que quería?

«Porque pensabas con el cerebro que tienes en los pantalones, idiota».

Aceptar la invitación de Melanie para que fuera su pareja en la fiesta de antiguos alumnos del instituto había sido una estupidez. Entonces ya la conocía bien y sabía que Melanie no estaba tan interesada en él sino en el efecto que causaba en los demás cuando aparecía colgada del brazo de un hombre en uniforme de gala. Entonces ya no le importaba, pero no estaba dispuesto a pasar el resto de la noche a esperarla solo en la barra. Phoebe había llevado a Melanie en su coche, por lo que no estaba obligado a llevarla de vuelta a casa.

Alzó el vaso y terminó la bebida. Después se incorporó y se dirigió a la salida.

–Wade, espera.

Se volvió al oír la voz femenina, y su irritación se desvaneció.

–Hola, Phoebe –dijo–. Me voy. Seguro que Melanie encuentra a alguien que la lleve a casa.

–¿Te vas? –dijo ella, mirándolo consternada.

Wade asintió. Por encima de la música dijo:

–Sí. Nos vemos antes de que me vaya, te lo prometo.

–Pero… –los ojos de Phoebe se clavaron en él, y por un momento Wade tuvo la sensación de que trataba de contener las lágrimas.

Detrás de ella, el grupo de música inició una conocida canción lenta y varias parejas salieron a la pista.

Phoebe tragó saliva y se humedeció los labios.

–Esperaba que esta noche bailaras conmigo.

Porque era Phoebe, y porque tuvo la sensación de que no estaba muy contenta, Wade la tomó de la mano y la llevó con él hacia la pista de baile. Así tendría la oportunidad de contarle lo que le pasaba.

La llevó en medio de la pista y se volvió para rodearla con los brazos. Había tantas parejas bailando que sus cuerpos se pegaron a la fuerza.

El esbelto cuerpo de Phoebe se deslizó contra el suyo, y se acopló a él como si estuvieran hechos el uno para el otro. En ese momento, Wade se dio cuenta de que nunca había bailado con ella.

¿Habría sentido lo mismo antes de haberlo hecho? Se le aceleraron los latidos del corazón, y sintió la inesperada excitación de su cuerpo. Instintivamente, empezó a moverse al ritmo de la música, y ella se movió con él, flexible y suave bajo sus manos.

Era el paraíso. Wade volvió ligeramente la cabeza y aspiró la fragancia femenina. Todo su cuerpo se tensó.

¿Qué diablos? Era Phoebe. Su vecinita pequeña.

No tan pequeña. Tenía la misma edad que Melanie, aunque él apostaría cualquier cosa a que era mucho más inocente e inexperimentada. Perplejo y confundido, se detuvo en medio de la gente.

–¿Phoebe? –se echó hacia atrás para verle la cara, preguntándose si ella se sentiría tan abrumada como él.

Ella echó también la cabeza hacia atrás y lo miró con expresión resplandeciente.

–¿Sí?

Cuando sus ojos se encontraron, ocurrió algo maravilloso. Algo precioso, algo que llenó un hueco en su interior que ni siquiera se había dado cuenta de que estaba vacío, y Wade se olvidó de lo que iba a decir y de todo cuanto le rodeaba. Porque lo que necesitaba estaba allí, en sus brazos, diciéndole con los ojos que ella sentía la magia que había entre los dos tan bien como él.

—No importa —dijo él, por fin.

La abrazó de nuevo, le sujetó las manos que descansaban sobre sus hombros y se las deslizó alrededor del cuello. El movimiento aumentó la intimidad de la postura, y Wade tuvo que luchar contra el impulso de mover las caderas contra el suave cuerpo pegado al suyo. Era una locura. Se había vuelto loco. Loco por una mujer que conocía de casi toda su vida sin conocerla.

Phoebe dejó escapar un gemido y volvió la cabeza hacia él, acurrucándose contra su pecho. Él bajó la cabeza y le susurró al oído:

—El resto de la noche.

Sintió el estremecimiento que recorrió la columna femenina y le encantó comprobar que ella estaba tan excitada como él. Levantó la cabeza y sus labios quedaron a un susurro de distancia.

—¿Qué?

Wade sonrió y le rozó la nariz con la suya. Lo que más deseaba era besarla, pero cuando la besara por primera vez, no quería público, y no quería tener que parar.

—Que bailaré contigo el resto de la noche.

Ella le dedicó otra resplandeciente sonrisa acompañada de los destellos que brillaban en la profundidad de sus ojos azules.

—Vale.

***

La cena fue la experiencia más enervante que Phoebe había tenido en su vida.

«Tengo que decírselo, tengo que decírselo, tengo que decírselo», era la frase que se repetía una y otra vez en su mente, con un ritmo insistente.

Tan insistente que no pudo relajarse y disfrutar de unos momentos que había imaginado desaparecidos para siempre. Pero no podía decírselo allí, en un restaurante.

Por suerte, Wade tampoco parecía interesado en hablar de temas serios. Le preguntó sobre su trabajo de profesora con sincero interés. También le preguntó sobre la casa donde vivía y cómo la había encontrado. Le preguntó sobre Nueva York, y sobre las diferencias con California, pero no le preguntó por qué se había mudado. Gracias a Dios. Quizá pensó que lo había hecho para huir de los recuerdos.

También le contó algunas cosas sobre dónde había estado y qué había hecho. Algunas misiones eran secretas, pero al menos podía contarle cosas en general.

No hablaron de nada importante. Ninguno de los dos mencionó la fiesta del instituto y los momentos mágicos compartidos en la pista de baile, y tampoco lo ocurrido entre ellos después del entierro.

Y por supuesto tampoco hablaron de Melanie.

Melanie, a quien Wade había amado profundamente durante años antes de la noche de la fiesta.

–Phoebe, no te imaginas quién es mi pareja para la fiesta.

–Me rindo –dijo Phoebe, mientras Melanie entraba en el salón de su pequeño apartamento el fin de semana que se celebraba la fiesta de antiguos alumnos del instituto.

Aunque le gustaba vivir fuera de casa y lejos de su hermana, también le gustaba verla de vez en cuando. Melanie era encantadora, aunque a veces su compañía resultaba… demasiado.

–¿Quién?

–¡Wade!

Phoebe se quedó paralizada. Había esperado que su hermana mencionara a algún antiguo compañero de instituto.

–Wade no se graduó con nosotras –dijo, con el ceño fruncido.

–Lo sé, tonta –Melanie sacudió la cabeza–. Lo he invitado.

–Pero…

–Y llevará su uniforme de gala –Melanie sacudió la mano como si se estuviera abanicando–. Los hombres de uniforme me resultan irresistibles.

A Phoebe también, aunque solo si el hombre en cuestión era Wade. Pero no podía decírselo a Melanie.

Entonces sonó el timbre de la puerta.

–Debe de ser Wade. Ve a abrir, ¿quieres? Tengo que terminar de arreglarme.

Phoebe resistió la tentación de hacer un saludo militar, y muy a su pesar se dirigió hacia la puerta y abrió.

–Wade.

No le costó mucho sonreír al alzar los brazos. Lo más difícil fue contener la alegría.

–Me alegro de verte.

–Lo mismo digo –dijo Wade, rodeándola con los brazos y dándole un ligero beso en la mejilla–. ¿Qué tal, Phoebe? Estás guapísima.

La soltó y dio un paso atrás para mirarla de arriba abajo.

–Guapísima, en serio –añadió, recorriendo con los ojos el sencillo vestido azul marino que llevaba.

–Gracias.

Sabía que se había sonrojado, y no solo por la admiración en los ojos masculinos. Sentir los brazos fuertes y sólidos alrededor de su cuerpo fue abrumador para unos sentidos que estaban hambrientos solo de verlo.

–Tú también tienes buen aspecto. ¿Te sienta bien el ejército?

Wade asintió.

–Y a ti te gusta dar clases.

No era una pregunta. Desde que ella terminó el instituto y se trasladó a estudiar a Berkeley, se habían mantenido en contacto por correo electrónico un par de veces al mes.

Por mucho que deseara tener noticias de él,

Phoebe siempre se obligaba a esperar al menos una semana antes de responder a sus correos. No quería que se diera cuenta de lo que sentía por él.

Ahora asintió.

—Creo que te lo dije. El año que viene cambiaré de primero a cuarto. Será un cambio interesante.

Él sonrió.

—Sí, los chavales habrán pasado de ser un poco irritantes a portarse como insufribles sabelotodos.

Phoebe se echó a reír.

— Hablas como si lo supieras por experiencia propia.

—Cuarto fue el año que me mandaron al despacho del director por poner un renacuajo en el té frío de la señorita Ladly.

—Lo había oído, sí —dijo ella, y se echó a reír—. Supongo que será mejor que mire bien antes de beber nada.

Los dos sonrieron, y por un momento quedaron en silencio.

—¿Para cuánto tiempo has venido, y dónde vas después?

Probablemente Wade no tenía idea de que Phoebe sabía todo lo que había hecho en los nueve años que habían pasado desde que terminó el instituto.

El rostro de Wade se ensombreció de repente.

—Solo me quedan unos días del permiso de dos semanas, y después saldré con destino a Afganistán.

Afganistán. El temor le atenazado la garganta.

–¡Oh, cielos, Wade!

–Volveré –le aseguró él–. ¿Quién si no vendría de vez en cuando a meterse contigo?

Phoebe se obligó a sonreír.

–Ten mucho cuidado.

Él asintió, y con una mano le frotó cariñosamente el brazo.

–Lo tendré. Gracias.

–¡Hola!

La voz de su hermana canturreó el saludo que Phoebe había escuchado tantas veces antes. Y como tantas otras veces antes, la cabeza de Wade giró como impulsada por un resorte y él se olvidó al instante de Phoebe.

Bajando los ojos, Phoebe se echó hacia atrás. Se afanó en recoger algunas cosas del bolso mientras Melanie se echaba a los brazos de Wade y le daba un sonoro beso en los labios.

Durante el resto de la velada, procuró no mirarlos si no era estrictamente necesario. Era demasiado doloroso.

Poco después de llegar a la fiesta, se perdió entre el resto de los invitados. Su mejor amiga del instituto, June Nash, estaba allí. Se había casado con un antiguo compañero de clase y estaba embarazada de su primer hijo. Phoebe se sintió terriblemente sola. Todo el mundo parecía estar casado o haber ido con pareja menos ella.

Pero June se alegró inmensamente de verla, y pasaron un buen rato contándose todo lo que habían hecho desde el instituto. Aunque siempre se felicitaban en Navidad, las llamadas de teléfono y los correos electrónicos se habían ido espaciando gradualmente y eran cada vez más escasos.

–Eres profesora –sonrió June–. Seguro que se te dan muy bien los niños. Aún me acuerdo lo fantástica que estuviste cuando el consejo escolar colaboró con las Olimpiadas Paraolímpicas.

Phoebe se encogió de hombros.

–Me gusta.

Y el distrito donde daba clases estaba lo bastante alejado de su barrio natal que poca gente la conocía como «la gemela callada».

–Me alegro –June señaló con la cabeza hacia otro grupo–. Veo que Melanie y Wade siguen saliendo. Creía que habían roto hace un par de años.

–Así es –respondió Phoebe, con una mueca–. Pero siguen siendo amigos y Melanie lo ha invitado a ser su pareja.

Gracias a Dios la música empezó a sonar en ese momento y no tuvo que dar más explicaciones. June no quería bailar. Solo le faltaban dos semanas para salir de cuentas y decía que se sentía como un hipopótamo en una charca de barro. Pero un grupo de compañeras de la banda de música del instituto arrastró a Phoebe hasta la pista de baile con ellas, y ella decidió disfrutar de la fiesta.

Bailó con el grupo de chicas hasta que sonó la primera canción lenta y entonces se acercó a otra mesa a saludar a antiguos compañeros, prohibiéndose buscar a Wade con los ojos.

Una hora después había tenido suficiente. Había visto a quienes deseaba ver, había bailado, reído y dado la impresión de que la vida la trataba bien. Melanie, como siempre, era el centro de la fiesta. Había abandonado a Wade por un tipo a quien Phoebe apenas recordaba, y con el que estaba en una mesa con otro grupo de amigos bebiendo sin cesar.

Esta vez Phoebe buscó a Wade con los ojos. Estaba solo en la barra. Mientras ella lo miraba, Wade dejó el vaso y se acercó a Melanie. Tras una breve conversación, Melanie se echó a reír y Wade le dio la espalda y se alejó.

Cuando Phoebe se dio cuenta de que se dirigía a la puerta, sintió pánico. No podía soportar la idea de que se fuera sin hablar al menos una vez más con él.

–¡Wade! –gritó–. ¡Espera!

Dos palabras. Aún las recordaba con exactitud. Dos palabras que habían cambiado su vida. Y no solo su vida, sino también tres vidas más. Aquella tarde tres vidas habían sufrido un cambio rotundo, cuatro si contaba a Bridget.

Si Wade se hubiera ido entonces, probablemente Melanie seguiría con vida. Si Melanie siguiera con vida, Phoebe y Wade no habrían caminado hasta la cabaña y no habrían…. no habrían concebido a Bridget.

Por mucho que lo intentara, Phoebe no podía

arrepentirse de aquellos momentos robados de felicidad que vivió con él. Ni tampoco podía imaginarse su mundo sin su pequeña hijita.

–¿Te apetece ir al cine después de la cena?

Wade le sonrió, sentado frente a ella. Ir al cine, con Wade.

Hubo una época en que hubiera dado un brazo por una invitación como esa. Pero ahora las cosas eran muy diferentes. Lo que ella deseaba y la realidad eran dos cosas muy distintas.

–Gracias, pero no –dijo ella–. Tengo que volver a casa pronto.

Wade pareció sorprendido y Phoebe vio cómo el calor de su mirada desapareció en un instante.

–Está bien.

–Wade.

Phoebe se echó hacia adelante y dio un paso irrevocable.

–Me gustaría que vinieras conmigo. Tengo que decirte una cosa.

–Ya lo mencionaste ayer –dijo él, relajándose un poco–. Casi da miedo.

Phoebe no pudo evitar una sonrisa.

–Espero que no sea así.

Poco después salieron del restaurante y Wade la siguió en su coche hasta su casa. Phoebe decidió que primero le ofrecería una copa de vino y después... después tendría que pensar cómo decírselo. Pero ninguna de las frases que se le ocurrían le parecían bien, y ahora tenía una nueva preocupación.

¿Y si Wade no quería ser padre? ¿Y si rechazaba a Bridget y no quería ser parte de su vida?

Desde el día anterior, Phoebe se había preparado para compartir a Bridget con su padre cuando este se instalara a vivir cerca de allí. Algo que no se daría con mucha frecuencia. Después de todo, lo más probable era que Wade estuviera fuera del país la mayor parte del tiempo. Si Wade no quería saber nada de ellas, sus vidas no cambiarían demasiado.

Pero si para Wade Bridget no era tan milagrosa e irresistible como para ella, Phoebe sabía que le partiría el corazón.

Wade la siguió al interior de la casa.

Y entonces fue cuando Phoebe se dio cuenta del fallo de su plan. Qué tonta. ¿Cómo iba a explicar la presencia de una niñera?

Cuando entraron en el salón, Angie se levantó del sofá y recogió sus deberes.

–Hola, Phoebe. Dame un momento para que recoja esto y llame a mi hermano. Mañana tengo un examen de economía.

Phoebe esbozó una sonrisa.

–¿Crees que lo llevas bien preparado?

Angie se encogió de hombros.

–Más vale, porque no lo pienso suspender. Todo ha ido bien –le aseguró, mirando hacia el techo.

A Phoebe le costaba hablar. Sentía un enorme peso en el pecho que apenas la dejaba respirar, y mucho menos hablar.

–Bien.

Angie asintió y se acerco al teléfono.

Un momento después dijo:

–Ahora viene.

–Te acompañaré a la puerta –dijo Phoebe.

Un minuto más. Un minuto era todo el tiempo que le quedaba para decidir qué iba a decir. Mientras seguía a la joven hasta la acera le temblaban las manos. El hermano de Angie ya estaba girando la esquina y caminando hacia ellas por la acera, y Phoebe lo saludó con la mano mientras Angie echaba a andar hacia él.

Después, aspiró profundamente y volvió de nuevo hacia su casa.

Wade estaba de pie en medio de la puerta. Tenía la cara en la oscuridad, y la luz que salía de la casa enmarcaba desde atrás la figura alta e inmóvil. A Phoebe le gustó verlo allí, pero inmediatamente se reprimió. No tenía sentido desear lo inalcanzable.

Subió las escaleras del porche y él se hizo a un lado para dejarla entrar. Mientras ella cerraba la puerta a su espalda, él la contemplaba con el ceño fruncido.

–¿Compartes la casa?

–No –Phoebe respiró profundamente–. No, Angie es mi niñera.

Quizá no era la mejor manera de decirlo, pero tenía que hacerlo de una vez, sin más demoras.

Vio la sucesión de expresiones que cruzaron el rostro masculino: primero la aceptación de una respuesta, después sorpresa, y después una inmensa incredulidad.

–¿Para qué tienes una niñera?

Wade miró a su alrededor buscando confirmación sobre la evidente conclusión, pero los libros infantiles y los juguetes estaban recogidos en una enorme cesta debajo de la ventana, por lo que no había pruebas evidentes de que allí viviera un niño.

–Tengo una hija.

–Ya veo –respondió él, con una calma que ella no había imaginado.

–¿Wade?

Para su sorpresa, Wade se dirigió hacia la puerta.

–Esto ha sido un error –dijo–. Adiós, Phoebe.

–¡Wade!

Él se detuvo antes de llegar a la puerta sin volverse.

–¿Sí?

–¿No quieres saber nada de ella?

Durante un largo momento, Phoebe contuvo la respiración. Después él se volvió y en sus ojos Phoebe vio una tristeza tan inmensa que no logró entender. La existencia de un hijo no podía ser una noticia tan terrible.

O quizá le recordaba lo que nunca había podido tener con Melanie…

–No –dijo él, por fin–. No quiero.

–Pero…

–Para mí lo que hicimos después del entierro significó mucho.

Y ella lo sabía, igual que lo supo entonces. Wade siempre había tenido un profundo sentido del honor, y precisamente fue una de las razones que le llevó a decidir no hablarle de su embarazo. Phoebe temió su reacción. Lo conocía bien, y sabía que se hubiera sentido obligado a casarse con ella.

Y lo último que quería era un hombre que se sintiera obligado a casarse con ella sin estar enamorado. Pero lo cierto era que si él se lo hubiera pedido entonces, no estaba segura de haber tenido fuerzas para rechazarlo.

—Creía que para ti también significó algo —añadió él.

—¡Claro que sí!

Él era el primero y único hombre con quien había estado. Wade no podía saber lo importante que había sido para ella.

—Pero has continuado con tu vida —dijo él, con una risa totalmente desprovista de humor—. Y de qué manera.

Phoebe no lo entendía.

—No me quedó otro remedio.

—¿Sigue el padre en la foto? Supongo que no estás casada o no habrías aceptado mi invitación a cenar. Espero —añadió, con frialdad.

Phoebe parpadeó, confusa. Wade pensaba que ella había… que Bridget era…

—No —dijo—. No lo entiendes. No hay ningún otro hombre.

—Quizá ahora no, pero…

—Es tuya.

Capítulo Tres

Wade se detuvo en seco y se quedó en silencio. Por fin, como si no estuviera seguro de haber entendido el idioma que hablaba Phoebe, dijo:

—¿Qué?

—Es tu hija —dijo Phoebe.

Ella debía haberse ofendido por la acusación de tener otro hombre en su vida, pero al ver la perplejidad reflejada en el rostro masculino no pudo.

—¿Me estás tomando el pelo? —dijo él, con la misma incredulidad en la voz que en el rostro—. Solo… solo aquella vez…

Ella asintió, entendiendo su sorpresa.

—Esto fue lo mismo que pensé yo cuando me enteré.

—Cuando te enteraste —saltó él rápidamente, como el gato que espera a que el ratón se aleje lo suficiente de su escondrijo para saltarle encima—. ¿Cuándo demonios te enteraste? ¿Y por qué no te molestaste en decírmelo?

Phoebe se obligó a reprimir un balbuceo de disculpa. En lugar de eso, señaló el sofá.

—¿Por qué no te sientas? Te lo explicaré todo.

—¡No, no quiero sentarme! —las palabras explotaron con rabia–. ¡Solo quiero saber por qué no me dijiste que ibas a tener un hijo!

Phoebe sintió ganas de acurrucarse en una bola y esconderse detrás de los muebles, igual que un ratón asustado. Los remordimientos que le habían acompañado desde que supo de su muerte se apoderaron de nuevo de ella.

–No lo sé –dijo, sin levantar la voz–. En aquel momento, parecía lo mejor. Ahora, ya hace algún tiempo, sé que fue una decisión equivocada.

–¿Y por qué no me buscaste para decírmelo?

–¡Estabas muerto! O al menos eso era lo que yo creía.

Wade quedó en silencio, sin saber qué decir.

–Siempre se me olvida –dijo por fin en un tono más suave. Después, entrecerró los ojos–. Pero no estaba muerto cuando supiste lo del embarazo.

Phoebe tuvo que apartar la mirada.

–No –dijo–, entonces no estabas muerto.

Se hizo un silencio. Phoebe se rodeó con los brazos y se alejó unos metros.

–Quiero verla –dijo él.

–Está bien –Phoebe tragó saliva–. Mañana después del colegio…

–Ahora.

La palabra sonó como un latigazo y ella se sobresaltó.

–Está dormida –dijo en tono protector.

Pero cuando se volvió a mirarlo, el rostro de Wade permanecía impasible, como una estatua de piedra.

–Está bien –accedió por fin.

Dejó escapar un suspiro de nervios y exasperación, al darse cuenta de lo estúpida que había sido
al imaginar que podía contarle a Wade la existencia de su hija sin que este deseara verla inmediatamente con sus propios ojos.

–Puedes subir conmigo si me prometes no despertarla.

Se hizo otro tenso silencio. Por fin, Wade dijo:

–Sí. Vamos.

Phoebe giró sobre sus talones y se dirigió a las
escaleras con piernas temblorosas, dejando que él
la siguiera.

Mientras subía las escaleras y recorría el pasillo
que llevaba hasta el dormitorio de su hija, era tre-
mendamente consciente de la enorme presencia
masculina a su espalda. En la puerta del dormitorio infantil, se detuvo. Sentía una fuerte opresión
en el pecho, como si tuviera a alguien sentado encima y no le llegara bastante aire a los pulmones.
En la nuca notaba la respiración de Wade, y no
tuvo valor para volverse a mirarlo. Por encima del
hombro, susurró:

–Se llama Bridget. Tiene seis meses.

La puerta estaba ligeramente entreabierta, apenas un par de centímetros, y Phoebe sujetó el
pomo y la abrió despacio de par en par. Después
entró y lo invitó a pasar.

–Entra.

Wade asintió una vez, con un seco movimiento
de cabeza, y desde la puerta, Phoebe lo observó

acercarse con pasos lentos, casi vacilantes, hasta la cuna que había al otro extremo del dormitorio, junto a la pared.

Wade se quedó allí durante un largo momento, mirando a la pequeña que dormía plácidamente, iluminada por la suave luz que Phoebe acababa de encender. No hizo ademán de acariciarla, ni miró a su alrededor para ver la habitación decorada con cubos de letras del alfabeto, cortinas de colores o las estanterías llenas de libros infantiles, peluches y otros juguetes. Solo se quedó allí, mirándola.

Por fin, Phoebe se acercó a su lado.

–¿De verdad es mi hija? –preguntó él, con voz entrecortada e intensamente emocionada.

Phoebe supo que la pregunta no quería ofenderla.

–De verdad lo es –le aseguró ella, suavemente–. Puedes acariciarla.

Las grandes manos de Wade estaban inmóviles, sujetando con fuerza la barandilla de la cuna. Wade no hizo ademán de moverse, y Phoebe, incapaz de soportarlo más, le tomó una mano y, cuando vio que él no oponía resistencia, la levantó y la colocó sobre la espalda de Bridget.

Phoebe tenía un nudo en la garganta. El cuerpo de su hija parecía increíblemente diminuto y frágil con la mano de Wade cubriéndole prácticamente toda la espalda.

Incluso sintió un cosquilleo en la mano cuando rozó la piel masculina. No era justo. Incluso un contacto inocente como aquel le aceleraba los latidos del corazón. Ni antes ni después de Wade había conocido a ningún hombre capaz de afectarla tanto con tan poco esfuerzo. Y seguro que él no tenía ni idea.

Pero ella sí. Sabía con toda certeza que siempre compararía a todos los hombres con Wade. Tenía la esperanza de casarse algún día, pero era lo bastante realista como para saber que no podría ofrecer a nadie la clase de amor apasionado e intenso que sentía por Wade. También sabía que nunca podría fingir amor por alguien solo para conseguir un anillo en el dedo, por lo que temía que habría muchas noches y años de soledad en su futuro, solo interrumpidos por las alegrías de la maternidad.

Un movimiento la apartó de sus pensamientos. Bridget había empezado a moverse en sueños, y automáticamente Wade la tranquilizó con un suave movimiento circular en la espalda. La pequeña suspiró y dejó de moverse, pero él no. Wade extendió el dedo índice y acarició casi sin rozarla la suave mejilla de la pequeña. Le pasó el dedo por los rizos pelirrojos y después apoyó la mano sobre la diminuta manita de la niña.

Phoebe creyó que se le partía el corazón en dos cuando Bridget sujetó en sueños uno de los dedos masculinos, sin despertarse. Con un nudo en la garganta, tuvo que contener un gemido ante la ternura del momento.

Tragó saliva varias veces hasta que logró contener la emoción y las lágrimas. Entonces abrió la boca para susurrar una disculpa, pero cuando vio el rostro masculino las palabras murieron en su garganta.

Wade tenía lágrimas en las mejillas. Iluminadas por la luz de la luna que se colaba por la ventana, las lágrimas le habían dejado un rastro desde los ojos hasta la mandíbula, pero él no pareció darse cuenta, ni siquiera cuando una de ellas le cayó al dorso de la mano, todavía sujeta a la barandilla de la cuna.

El dolor del hombre la afectó como nada le había afectado desde la noticia de su muerte. Y con ello volvieron los remordimientos. Ella era la causante de su agonía. Ella era la fuente de la tristeza que lo asolaba.

Wade se alejó de la cuna lentamente, dirigiéndose hacia la puerta de la habitación. Phoebe lo siguió también despacio, esta vez incapaz de contener las lágrimas. Mientras avanzaban por el pasillo, Phoebe se tragó el gemido que le atenazaba la garganta y habló.

–Wade, no…

–No –la interrumpió él, levantando una mano sin volverse a mirarla–. Ahora no puedo hablar contigo –dijo, bajando las escaleras.

Phoebe no dijo nada más y observó, estupefacta, cómo Wade salía por la puerta de su casa sin decir ni una palabra más.

***

44

Wade sabía que Phoebe había ido a trabajar al día siguiente porque estaba aparcado cerca de su casa, esperándola. Cuando Phoebe se apeó del monovolumen que conducía, lo rodeó, abrió la puerta corredera lateral y sacó lo que parecía una bolsa de veinte kilos, probablemente llena de exámenes o trabajos para corregir.

Verla arrastrar una carga tan pesada por los peldaños del porche le despertó dos emociones. La primera fue el impulso instintivo de protegerla. Phoebe no debería cargar con tanto peso. La segunda fue otro arrebato de la misma ira que lo había consumido la noche anterior, cuando empezó a digerir el hecho innegable de que tenía una hija y que se había perdido medio año de su vida solo por la decisión de Phoebe de no comunicarle su embarazo y maternidad. Ni siquiera sabía cuándo era el cumpleaños de su hija, aunque era capaz de calcular aproximadamente el mes de su nacimiento.

Cielos, si Phoebe le hubiera hablado de su embarazo cuando se enteró… quizá las cosas habrían sido muy diferentes.

Se habría casado por ella. Qué demonios, sabía que quería casarse con ella desde la noche que bailaron juntos en la fiesta del instituto, cuando se dio cuenta por fin de lo que había estado siempre delante de sus narices. Pero entonces Mel murió trágicamente y la situación se le había escapado de las manos.

Aquella noche Mel estaba muy borracha y afectada por su culpa, y él sabía que los remordimientos no lo abandonarían nunca, probablemente igual que a Phoebe. Debía haber evitado que Mel bebiera tanto. Debía haber ido tras ella más deprisa. ¿Por qué le sorprendía tanto que Phoebe no quisiera ponerse en contacto con él al enterarse de que estaba embarazada? Si le hacía responsable de la muerte de su hermana, ¿cómo se sentiría por haberse acostado con él el mismo día del entierro de su gemela?

Respiró profundamente varias veces para tranquilizarse y después se apeó del coche alquilado y se dirigió por la acera hacia la casa. Una punzada en la cadera le recordó que no estaba tan sano como desearía. Tenía que controlarse. Sí, Phoebe había cometido una equivocación, pero la respuesta no eran los gritos ni los reproches.

Aunque a él lo ayudaran a sentirse mejor.

Apenas se había cerrado la puerta tras ella cuando Wade entró por el sendero y subió los escalones del porche. Después llamó con golpes secos a la puerta.

Phoebe la abrió un momento después.

—¿Sí? ¡Wade!

Evidentemente no lo esperaba. Quizá pensó que habría regresado a California.

«De eso nada».

Wade cruzó el umbral, obligándola a dar un paso atrás. La canguro estaba recogiendo sus cosas, pero al verlo se detuvo y abrió desmesuradamente los ojos con evidente interés.

–Adiós, Angie –dijo Phoebe, manteniendo la puerta de la calle abierta e invitándola a salir–. Hasta el lunes. Que pases un buen fin de semana –le dijo prácticamente empujándola por la espalda.

La joven apenas había cruzado el umbral de la puerta cuando Phoebe la cerró sin hacer ruido y se volvió a mirar a Wade.

–Hola. ¿Quieres entrar? –dijo, sarcástica.

Wade hizo una mueca, pero llevaba toda la noche pensando y tenía muchas cosas que decir y poco tiempo que perder.

–Bien. Tal y como yo lo veo, tenemos dos opciones. O volvemos a California, o nos quedamos aquí.

Los ojos azules de Phoebe se abrieron como platos.

–¿Los dos? Tú puedes hacer lo que quieras, pero...

–Me gustaría llevar a mi hija a California para que conozca al único abuelo que le queda con vida –dijo él, bruscamente.

–No puedes irte con mi hija.

–No, pero puedo irme con mi hija –le aseguró él.

Wade se dio cuenta del momento exacto en que Phoebe absorbió el alcance de sus primeras palabras.

–¿Un único abuelo? Wade, ¿ha muerto uno de tus padres?

–Mi madre –dijo él–. Murió hace siete meses.

–¡Oh, Dios mío!

La noticia dejó anonadada a Phoebe, y los ojos se le llenaron de lágrimas.

–Tengo que sentarme –dijo, apenas en un susurro, mientras caminaba hacia atrás hasta que dio con la parte posterior de las rodillas en el sofá.

Entonces se dejó caer en él y unió las manos con fuerza.

–Oh, Wade, lo siento muchísimo. ¿Qué pasó?

–Tuvo una embolia –dijo él, sin emoción en la voz–. Hace diez meses. La dejó muy débil y sin ganas de vivir. Tres meses después de la primera, tuvo otra.

«Pero si hubiera sabido que tenía una nieta, las cosas podrían haber sido diferentes».

Wade vio en los ojos horrorizados de Phoebe que a ella se le había ocurrido lo mismo.

Phoebe se apretó las palmas de las manos contra los ojos y apoyó los codos en las piernas.

–Lo siento muchísimo –dijo con voz apagada.

Wade sabía que no estaba dándole el pésame. No, estaba pidiéndole perdón, una vez más, por no decirle que tenía una hija.

–Quiero que mi padre conozca a Bridget antes de que pase más tiempo –dijo él.

–Pero no puedo dejar el trabajo y marcharme a California.

–No te he pedido que lo hagas –repuso él, sin alzar la voz.

El rostro de Phoebe perdió el poco color que le quedaba.

–¿Vas a... intentar quitarme la custodia?

Wade tardó un tiempo en responder, después de sentarse en un cómodo sillón situado en ángulo recto junto al sofá.

–¿Me vas a obligar? –preguntó, y esperó hasta que ella lo miró–. Quiero conocer a mi hija. Quiero estar con ella todos los días. No puedo recuperar el tiempo perdido, pero te aseguro que no quiero perder más.

Wade cerró los ojos y esperó la acalorada negativa de ella.

Pero esta no llegó.

–De acuerdo –dijo Phoebe.

–¿De acuerdo?

Casi no podía creerlo. La Phoebe que él conocía era una mujer tranquila y serena, pero bajo la superficie había una auténtica luchadora por las cosas en las que creía de verdad.

Pero ella asintió con la cabeza.

–De acuerdo –tragó saliva–. Me equivoqué al no decirte lo del embarazo cuando me enteré, Wade. Y no te imaginas lo mucho que lo siento.

Wade no supo qué decir a eso. Phoebe tenía razón, se había equivocado. Se había equivocado al decidir no decírselo, y por eso su madre había muerto sin saber que tenía una nieta.

Pero todavía no podía expresar en palabras la aceptación de sus disculpas. Le gustaba pensar que era un hombre adulto y que sería capaz de perdonarla, pero en aquel momento no se sentía tan magnánimo. Se puso en pie y salió de la casa.

Unos minutos después, cuando regresó, Phoebe seguía sentada en el sofá con las manos entrelazadas y apretadas. Al verlo se levantó de un salto. Wade acababa de entrar sin llamar y había dejado el petate en el suelo, junto a la puerta. Phoebe tenía lágrimas en la cara, que rápidamente se secó.

–¿Qué haces?

Ya lo sabía, y estaba aterrada.

–Me quedo –dijo él, con un encogimiento de hombros–. Es la única manera de poder conocer a Bridget sin apartarla de ti.

Phoebe asintió, como si viera la lógica del razonamiento, pero un momento después, sacudió vigorosamente la cabeza.

–Espera, no puedes instalarte aquí.

–¿Por qué no? Tú y yo siempre nos hemos llevado bien. Seguramente nos conocemos mejor que muchas otras parejas. Y tienes una habitación libre. La vi anoche. Te pagaré un alquiler.

Phoebe abrió la boca, pero volvió a cerrarla y sacudió la cabeza sin fuerzas.

–Esto es ridículo –dijo ella, por fin–. ¿Cómo puedes decirlo como si fuera lo más lógico del mundo?

Wade sonrió, sintiéndose mucho más relajado al ver que Phoebe no lo ponía directamente de patitas en la calle.

–Tengo ese don –respondió él, sin perder la sonrisa.

Lo cierto es que por un momento se sintió feliz. Había confiado en que los remordimientos de conciencia de Phoebe la ayudaran a aceptar su propuesta, y por lo visto había funcionado.

De repente se dio cuenta de que Phoebe no hablaba. Solo lo estaba mirando, como si fuera un monstruo.

–¿Qué?

Phoebe se encogió de hombros.

–Es la primera vez que te veo sonreír desde ayer.

–No tenía muchos motivos para sonreír –observó él.

Al instante, toda la tensión y la ira se apoderaron de nuevo de él y vibraron entre ellos como un cable eléctrico. Wade iba a decir algo, buscando más respuestas a las preguntas que Phoebe nunca le dio la oportunidad de preguntar, cuando un extraño susurro sonó en el salón.

Apenas se oía, pero Phoebe reaccionó inmediatamente, con una amplia sonrisa que le iluminó la cara.

–Bridget se ha despertado.

El cuerpo masculino también respondió a la sonrisa. Pero...

–*A ba ba ba.*

El balbuceo se hizo más audible. Wade miró a su alrededor y vio el interfono para bebés en una mesa.

Phoebe echó a andar hacia las escaleras.

–Si no voy a sacarla de la cuna enseguida, la oirán hasta el final de la calle. Enseguida bajo.

Wade sonrió mientras ella subía las escaleras de

dos en dos. Bridget solo tenía seis meses. Tenía que estar exagerando un poco...

–¡*Ah bah bah bah bah!*

Vaya, su hija tenía un par de pulmones como los de Pavarotti.

–Bridget.

La voz de Phoebe sonó como una cancioncilla infantil por el interfono.

–¿Cómo está mi niña? –la oyó decir–. ¿Has dormido una buena siesta, cielo?

La niña soltó un gritito de placer y Wade casi se llevó las manos a los oídos. Seguramente el interfono estaba a todo volumen.

–Hola, cariño, ven.

No, el interfono no estaba demasiado alto, porque la voz de Phoebe sonaba normal.

–¿Qué tal la siesta? Abajo hay alguien que quiere conocerte –la oyó decir–. Pero primero más vale que te cambiemos el pañal o el pobre se desmayará del olor.

Wade escuchó las palabras y cancioncillas que Phoebe canturreaba a su hija mientras la cambiabas y pensó que Phoebe siempre había tenido mucha sensibilidad con los niños. Si alguien le hubiera preguntado años atrás si la imaginaba con hijos, él no hubiera titubeado ni un momento para responder afirmativamente.

Una oleada de intensa tristeza se apoderó de él. Ahora Phoebe era la madre de su hija. Y si él no se hubiera esforzado en encontrar a la madre, nunca habría sabido que la pequeña Bridget era suya.

Unos pasos en la escalera le alertaron de la llegada de madre e hija, y él se preparó para ver de verdad a su hija por primera vez. La noche anterior apenas había visto los rizos pelirrojos a la tenue luz de su dormitorio, pero nada más.

Primero vio aparecer las piernas de Phoebe, y después el resto de su cuerpo. Llevaba a una niña pelirroja en brazos con el pelo en tirabuzones por toda la cabeza. Phoebe le había recogido el pelo con una diadema elástica. El color del pelo era más claro que el de Phoebe, aunque más fuerte que en el rubio cobrizo de su gemela Melanie.

El rostro tenía una graciosa forma ovalada y los ojos que se detuvieron en él eran azules como el océano. A Wade se le aceleró el corazón y tuvo que respirar profundamente. Cielos, la niña era idéntica a Phoebe.

Con un nudo en la garganta que le impedía hablar, se quedó de pie mirándolas mientras se acercaban. Phoebe hablaba a la niña como si esta la entendiera, explicándole sobre un amigo de mami que venía a quedarse con ellos una temporada.

¿Una temporada? Ja. Quizá Phoebe prefiriera no aceptarlo, pero él pensaba quedarse para siempre.

Wade se tragó el tenso nudo que tenía en la garganta.

—Hola, Bridget.

Estaba totalmente perdido. ¿Qué se podía decir a alguien tan pequeño?

La niña sonrió, una sonrisa amplia que fue

acompañada de una cascada de babas por la barbilla y que le mostró dos graciosos dientes blancos en la encía inferior. Después, la niña giró bruscamente la cabeza y la apoyó en el hombro de su madre.

Wade seguía sin saber qué decir, pero afortunadamente Phoebe sabía cómo dominar la situación.

–Papá– dijo a su hija–. Bridget, este es tu papá.

La niña la miró con sus ojos azules y sonrió antes de volver a esconder la cara en el hombro materno.

–Coqueta –dijo Phoebe.

Cruzó el salón y desplegó una manta en el suelo sin soltar a la niña, que llevaba apoyada en la cadera. Después colocó a la pequeña en medio de la manta.

Bridget se balanceó unos momentos hasta que logró encontrar el equilibrio y se sentó recta.

–Empezó a sentarse hace dos semanas –le dijo Phoebe a Wade por encima del hombro–. ¿Por qué no te acercas y juegas con nosotras? No es tímida, y creo que se acostumbrará a ti enseguida.

–Está bien –dijo él, tratando de hablar en un tono normal, aunque sentía que el corazón se le iba a salir del pecho.

Se sentó junto a ellas en la manta de colores. Phoebe empezó a construir una torre de piezas de colores, y cada vez que conseguía levantar una pila de tres o cuatro, Bridget estiraba la mano y las tiraba, mientras gritaba y sonreía de placer.

Una de las veces, cuando Phoebe se detuvo un

momento, la niña empezó a aplaudir con las manos y a gritar en un tono que no dejaba dudas sobre lo que quería.

Wade rápidamente buscó otra pieza.

—Buena forma de conseguir lo que quieres —comentó.

Phoebe se echó a reír.

—Sabe perfectamente lo que quiere. Y si no lo consigue, me lo hace saber.

—Me recuerda a Melanie.

Lo dijo sin pensar, pero en el momento en que las palabras salieron de su boca supo que habían sido un error.

El brillo de felicidad de los ojos de Phoebe dio paso a una expresión de profunda tristeza y dolor.

—Sí —dijo, en voz baja—. Parece que Bridget tiene mucho más carácter del que yo he tenido nunca.

Wade quiso protestar. El carácter de Phoebe no tenía nada reprochable. El hecho de que Melanie dijera siempre todo lo que sentía y tuviera una personalidad más arrolladora no significaba que el carácter de Phoebe fuera en absoluto desagradable. Simplemente era una persona más tranquila y a quien no le gustaba llamar la atención.

Pero no supo cómo decirlo sin empeorar más la situación. Además, había algo muy claro: Phoebe no quería hablar de Melanie.

Wade sintió una punzada de remordimiento. Por mucho que reprochara a Phoebe no decirle lo de su embarazo, él no podía olvidar que él fue el responsable de la muerte de Melanie. Por eso no debía extrañarle que ella no le dijera nada.

La niña había tomado un libro de cartón y estaba ocupada pasando las páginas. Mientras él la observaba, la pequeña se lo metió en la boca.

–Toma, cielo –dijo Phoebe, ofreciéndole un juego de aros de colores a la vez que le quitaba el libro–. Los libros no se muerden.

Wade miró las esquinas deshilachadas del libro que ella tenía.

–Por lo visto hay gente que lo hace.

Phoebe sonrió y al instante la situación entre ellos se relajó.

–Estoy trabajando en ello –le aseguró ella, sonriendo. Después miró la hora–. Pronto será la hora de cenar. ¿Quieres quedarte a cenar con nosotras?

Él alzó una ceja.

–¿Pensabas quedarte a dormir aquí esta noche? –preguntó ella, medio extrañada, medio presa de pánico.

–Efectivamente –dijo él, poniéndose en pie y cruzando los brazos–. Si este fin de semana me enseñas a cuidar de Bridget, puedo ocuparme de ella mientras tú vas a trabajar.

–¿Tú no tienes que trabajar o algo así? –preguntó ella con exasperación.

–O algo así –respondió él.

–O sea que tienes que volver a California.

No era una pregunta.

–No. Estoy bastante seguro de que voy a dejar el ejército.

Phoebe lo miró sorprendida.

–Pero eso es lo que siempre has querido ser. Un soldado.

–Mi condición física ya no está a la altura de lo que el ejército considera necesario para entrar en combate –explicó él–, y un trabajo de despacho no me interesa. No quiero pasarme el día mirando una pantalla de ordenador. Por eso he decidido retirarme.

–¿Pero qué vas a hacer?

Wade se encogió de hombros.

–Estoy estudiando una serie de opciones. Una de ellas es con una empresa de seguridad en Virginia. Para organizar una nueva sucursal en la Costa Oeste.

–O sea que volverás a California.

–Ese era el plan –dijo él, encogiéndose de hombros–. Pero ahora todo ha cambiado.

Wade miró a su hija, que se había tendido sobre el estómago y estaba arrastrándose por la manta tratando de alcanzar un juguete.

–Todo.

Capítulo Cuatro

Phoebe seguía sentada en la manta a los pies de Wade, y este se agachó, la sujetó por los codos y la levantó.

La joven le clavó los ojos en la cara y sus manos descansaron un momento sobre el pecho masculino antes de echarse un poco hacia atrás. Se aclaró la garganta, buscando algo que decir.

–Me hago cargo de que te costará un tiempo acostumbrarte a ser padre –le dijo, indicando a la niña, que jugaba a sus pies.

Su voz era más ronca de lo normal.

El cuerpo masculino no tenía ningún problema para entender que la mujer con la que llevaba meses soñando, o mejor dicho años, estaba prácticamente en sus brazos. La madre de su hija. Pero esta vez, la rabia que había sentido anteriormente no se materializó. En lugar de eso, la idea le resultó sorprendentemente excitante. Allí, delante de ellos, había algo que habían concebido juntos durante aquellos maravillosos momentos que compartieron en la cabaña.

Wade la apretó un poco hasta que ella dejó de poner resistencia y se dejó llevar hacia adelante.

–Es alucinante que tú y yo hayamos creado eso –murmuró con admiración.

Ella asintió, mirando directamente a la garganta masculina en lugar de echar la cabeza hacia atrás.

–Es un milagro.

Wade le depositó un suave de beso en la sien, y sintió el estremecimiento del cuerpo femenino.

–Sigo enfadado contigo –dijo él–, pero gracias.

–Yo… no creo…

–No digas nada –dijo él.

Quería besarla. Lo había soñado tantas veces durante tanto tiempo que apenas podía creer que estuviera sucediendo de verdad. Le soltó la muñeca, le tomó la barbilla con un dedo y le alzó la cara hacia él.

–Bésame –dijo–. Relájate y déjame… Aahh.

Al unísono un involuntario sonido de placer escapó de sus gargantas cuando los muslos masculinos se apretaron contra ella, y el cuerpo endurecido rozó la piel suave entre las piernas femeninas.

Wade no pudo esperar más. Bajó la cabeza y le tomó la boca con la suya, besándola con fuerza, con pasión, con todo el deseo y la frustración del último año y medio. Sintió las manos femeninas clavadas en los hombros, pero Phoebe no lo apartó. Al contrario. La sintió fundirse contra él, y notó los finos dedos de Phoebe clavándose en su carne. En ese momento supo que volvería a ser suya otra vez. Pero esta vez, se prometió, no iba a portarse como un imbécil. No volvería a alejarse de ella.

***

Aquello era un sueño, pensó Phoebe. Tenía que serlo. Durante el último año había imaginado tantas veces que Wade la besaba que no podía creer que estuviera allí, abrazándola y besándola con tanta intensidad. Los fuertes brazos masculinos la apretaban contra su cuerpo duro y musculoso, y su estado de excitación era imposible de ignorar, pegado a ella como estaba.

Y el recuerdo del pasado se precipitó sobre ella, y la devolvió a la vez que se habían abrazado de aquella manera.

Se sentía en el cielo.

Phoebe metió la cara en la garganta de Wade y lo sintió estremecerse mientras bailaban. Era un sueño. Tenía que serlo. Y qué sueño. Un sueño del que no quería despertar nunca.

—Eh, tú.

Sintió los labios de Wade en la frente.

Alzó la cabeza y sonrió a los ojos grises que incluso en la tenue luz de la pista de baile parecían brillar de calor y deseo. ¿Por ella? Sin lugar a dudas estaba soñando.

—Esta noche quiero llevarte a casa —dijo él, con la voz ronca—. Pero no puedo. Tú tienes el coche.

—Puedes conducir tú —le ofreció ella—. Prácticamente vamos al mismo sitio.

–Me gustaría que fuéramos al mismo sitio –dijo él–. Me gustaría abrazarte toda la noche.

La sinceridad de sus palabras la sorprendió, y sus ojos se abrieron desmesuradamente.

–No quiero precipitar nada –se apresuró a decir él–. Soy consciente de que esto es algo nuevo…

–Para mí no es nuevo –lo interrumpió ella. Levantó una mano y apoyó la palma en la mejilla–. Wade, ¿no sabes que te… –estuvo a punto de decir «te amo»– deseo desde hace mucho tiempo?

Wade le puso una mano sobre la suya, y la mantuvo allí mientras volvía la cabeza y depositaba un intenso beso en su palma de la mano. Cerró los ojos un momento.

–Soy un tonto. Nunca me había dado cuenta…

–Shh, no importa –Phoebe no quería que se sintiera mal por ello–. Empecemos desde hoy.

–Me parece un plan perfecto –dijo él, y sonrió.

Después, deslizando la mano hacia abajo, le soltó la suya y le tomó la barbilla, alzándole la cara hacia él.

Phoebe contuvo el aliento. Estaba segura de que iba a besarla. Si la besaba se derretiría allí mismo.

–¿Qué está pasando aquí?

La voz que los interrumpió era estridente, cargada de ira y muy conocida.

Phoebe dio un respingo y se apartó de Wade.

Melanie estaba delante de ellos, con los puños cerrados apoyados en las caderas.

–Gracias por cuidar tan bien a mi pareja, querida hermanita –dijo en un tono sarcástico.

–Déjanos en paz, Mel –la voz de Wade era fría y autoritaria–. Ni siquiera te has dado cuenta de que me iba. ¿A qué viene ahora montar esta escena?

–Wade –Melanie clavó los luminosos ojos azules en él y en un instante la rabia se convirtió en lágrimas–. Tú eres mi pareja. ¿Por qué me tratas así?

Wade sacudió la cabeza.

–Ahórrate el teatro para alguien que se lo crea. Lo que Phoebe y yo estábamos haciendo no te ha importado...

–Phoebe y tú –la rabia le desencajó las facciones y se echó la larga melena hacia atrás. Después, clavó los ojos en su hermana–. Engañándome a mis espaldas. Mi propia hermana. Mi hermana gemela. Siempre te ha gustado, ¿verdad? Siempre has estado enamorada de él, pero era mío.

–Ya basta –dijo Wade, sujetándola por el codo.

Pero Melanie se zafó de él. A su alrededor, la gente había dejado de bailar y observaba la escena con curiosidad.

Phoebe sabía que a Melanie le encantaba tener todas las miradas en ella. No había nada que le gustara más que llamar la atención, y aquella escena era perfecta para ella.

–No –dijo Melanie, con voz estridente–. No he terminado, ni mucho menos. Nunca te perdonaré por esto, Wade. Ni a ti –añadió, señalando a su hermana con el índice–. ¡Ojalá no tuviera que volver a verte nunca más!

Y echándose una vez más los brillantes mechones de pelo hacia atrás, Melanie giró sobre sus talones y se abrió pasó entre los presentes con pasos dignos y arrogantes, cargados de cólera.

Lo único que estropeó la interpretación fue todo el alcohol que llevaba en el cuerpo. Apenas había dado dos o tres pasos en dirección a la puerta, empezó a tambalearse y hacer eses, chocando contra un grupo de compañeros de clase que la miraban estupefactos.

–¡Quitaos de en medio! –les gritó.

Para entonces, ya había logrado tener las mejillas llenas de lágrimas.

Wade se volvió hacia Phoebe.

–Será mejor que vayamos con ella. Ha bebido mucho.

–Sí –Phoebe asintió–. Menos mal que no tiene coche.

–Ven conmigo –dijo Wade, tendiéndole la mano.

Phoebe sacudió la cabeza.

–No. Si me ve se pondrá imposible. Sabes que solo se calmará si no nos ve juntos.

Wade asintió y dejó caer la mano al lado, reconociendo la verdad que encerraban las palabras.

Phoebe se volvió y fue hasta la mesa donde había dejado el bolso.

–Toma –le entregó las llaves del coche–. Llévala a casa. Yo ya encontraré a alguien que me lleve más tarde.

Wade tomó las llaves. Después le sujetó la mano con su mano libre y se la llevó a los labios.

–Te llamaré –le prometió.

Phoebe sintió un nudo en el corazón. ¿Lo diría en serio? ¿Sería aquella noche, aquellos momentos que habían compartido en la pista de baile, el día que había soñado desde que tuvo uso de razón y empezó a notar cómo se le aceleraban los latidos del corazón cada vez que Wade estaba cerca?

Le respondió con una temblorosa sonrisa.

—Espero tu llamada —dijo, guardando la promesa en el corazón.

En ese momento, oyeron un chirrido de ruedas en el asfalto del aparcamiento.

—¿Qué demonios…?

Wade echó a correr tan deprisa como se lo permitieron las piernas.

Phoebe corrió tras él y llegó a la puerta justo a tiempo para ver cómo su coche salía a toda velocidad del aparcamiento y se alejaba calle abajo. Inmediatamente supo qué había ocurrido. Melanie sabía que Phoebe guardaba una llave de recambio en una caja magnética en el hueco de una de las ruedas. Y se había llevado su coche.

Phoebe apartó la boca de la de Wade.

—No… no podemos hacer esto.

Cohibida, se dio cuenta de que estaba prácticamente jadeando. Y entonces se dio cuenta de que tenía las manos clavadas en los hombros masculinos con gran fuerza. Peor aún, no había hecho nada para separar sus cuerpos, que continuaban tan pegados como los dos trozos de pan de los sándwiches de crema de cacahuete que solía prepararse para almorzar.

Wade arqueó las cejas. Había un destello en sus ojos que parecía casi peligroso.

–Acabamos de hacerlo.

–No más –dijo ella, bajando las manos y dando un paso atrás, obligándolo a soltarla.

–¿Nunca más?

–Nunca más.

–¿Por qué?

–Porque tu vida está en California –dijo ella, abriendo las manos–, o donde sea, y la mía está aquí, en Nueva York.

–Mi vida ya no estará donde sea nunca más –le informó él–. Voy a vivir aquí si es aquí donde vais a vivir las dos. El sitio me gusta.

–En invierno hace mucho frío.

–No olvides que he vivido cuatro años en West Point –le recordó él–. Créeme, sé el frío que hace en invierno.

–Siempre has dicho que querías vivir donde hiciera calor –le recordó ella.

–Estar cerca de mi hija es mucho más importante que pensar en el clima. Así que tu razonamiento no se mantiene. ¿Qué otra cosa te preocupa?

–Bueno… no es justo que aparezcas de repente en mi vida sin darme la oportunidad de pensarlo.

«No puedo liarme con él».

«¿Por qué no? Te deseaba después del entierro. Y antes, en la fiesta».

«El deseo no es lo mismo que el amor».

«Es un comienzo».

«No te hagas falsas ilusiones», se recordó. «En la fiesta, Wade solo quería dar una lección a Mel. Él no tuvo la culpa de que las cosas se tornaran como lo hicieron. Y en cuanto al funeral, ¿qué hombre rechaza a una mujer que prácticamente le quita la ropa y se le echa encima?».

–Tómate todo el tiempo que necesites. Te escucho –dijo él.

Pero no la estaba escuchando. Sus ojos miraban a Bridget, observando cada movimiento con una intensidad que resultaba dolorosa. Era evidente que ya se había olvidado del beso.

Bridget permanecía felizmente ajena al drama que se desarrollaba junto a ella. Seguía tendida en el suelo con el juguete que por fin había logrado sujetar. Se había tumbado de espaldas y lo estaba agitando vigorosamente para que sonara.

–Para su edad sabe entretenerse muy bien sola.

Phoebe miró el reloj, haciendo un esfuerzo para que no le temblara la voz. Le destrozaba el corazón ver el desesperado interés de Wade en su hija.

–Pero en cualquier momento se va a dar cuenta de que es la hora de la merienda.

Esa era la solución. Tener una actitud de buena amiga y buena vecina. Si se concentraba en recordar a Wade unos años antes, antes de todo lo que había pasado, podría ignorar el deseo que sentía por él. Entonces habían sido amigos, y no había ningún motivo para que no pudieran continuar siéndolo ahora.

Wade seguía sin mirarla, aunque ella tenía la sensación de que era muy consciente del motivo que la había llevado a cambiar de conversación.

Pero no protestó, se limitó a seguirle la corriente.

–¿No le quitará las ganas de cenar?

–No si es algo pequeño, como una galleta. Normalmente no cenamos hasta las seis.

Y entonces se sentarían a cenar juntos, como una familia de verdad.

¿Una familia de verdad? ¿En qué estaba pensando? No eran una familia. Eran dos personas que se conocían desde hacía mucho tiempo y que ahora compartían una hija. Pero no la mayoría de los detalles importantes que comparten los miembros de una familia de verdad.

Claro que, aunque no lo fueran, sin duda iban a hacer muchas cosas propias de una familia. Lo mejor que podía hacer, pensó ella, era tratarlo como si fuera un inquilino. O mejor un huésped.

Wade ya había anunciado que iba a instalarse allí, por lo que tendrían que ocuparse de detalles tipo las comidas o quién compraba el papel higiénico.

Por otro lado, no habían hablado de la custodia, ni los derechos de visita, ni otros temas más importantes a los que ella no había dejado de dar vueltas durante todo el día.

–Será mejor que organice la cena –dijo ella–. Nada especial. Un asado que he metido en la olla esta mañana. Prepararé la cena si tú te quedas a jugar con Bridget.

–¿Qué haces con ella cuando estás sola?

–La llevó a la cocina conmigo. Antes la tumbaba en una hamaca y le cantaba, pero ahora le pongo la manta en el suelo y la dejó jugar a su aire.

–Se parece mucho a ti.

Wade estaba observando de nuevo a Bridget.

–Hasta que decide que quiere algo. Cuando quiere algo, aprieta la mandíbula igual que tú, y se le pone la misma expresión intensa en los ojos que a ti –dijo ella.

–Yo no aprieto la mandíbula.

Phoebe sonrió.

–Vale. Me lo habré imaginado como un millón de veces en los últimos veinte años.

Wade no pudo reprimir una risita.

–Me conoces muy bien.

Sin embargo, el brillo divertido de sus ojos pronto se apagó y se puso serio.

–Y ese es otro motivo por el que necesito estar en la vida de Bridget. Tiene derecho a saber cómo se conocieron sus padres y que crecieron juntos.

¿Cómo se conocieron sus padres? Hablaba como si llevaran años casados. Eso le dolió. Tanto que no pudo seguir mirándolo y se alejó hacia la cocina sin volver la vista atrás. Pero cuando llegó a la puerta de la cocina y volvió la cabeza un momento para mirarlo, Wade seguía allí de pie, mirándola fijamente, con una expresión que por un momento la hizo recelar de sus intenciones.

Era cierto que le había dicho que no lucharía por la custodia de Bridget, pero ¿podía confiar en él?

Lo vio acercarse a la niña y sentarse en la manta junto a la pequeña. Bridget se volvió hacia él con una encantadora sonrisa cuando él la tomó en brazos y la sentó en su regazo. Inmediatamente la niña le sujetó el dedo y se lo llevó a la boca.

Wade miró a Phoebe por encima del hombro con expresión incierta, como si no supiera qué hacer. A ella casi se le escapó una carcajada, pero la reprimió, aunque no pudo evitar sonreír y entrar en la cocina. Él era quien quería conocer a su hija.

Pero mientras comprobaba el asado, se puso seria. Cielos, ¿qué estaba haciendo? No podía tirar la toalla y permitir que Wade viviera en su casa.

Pero no tenía otra alternativa. Si no le dejaba tener acceso a su hija, se arriesgaba a que Wade buscara la ayuda de un abogado.

En lo más profundo de su corazón sabía que nunca podría oponerse a él. Tenía grandes remordimientos por haberle ocultado el embarazo, y más aún por no haberle dicho nada de su hija. Y sabía que si negaba a Wade un segundo de tiempo junto a su hija los remordimientos la matarían.

Y nunca se perdonaría no habérselo dicho a él cuando lo sabía vivo, ni a su familia cuando lo creyó muerto. Y por haber permitido que su madre muriera sin saber que tenía una nieta.

Aunque Wade hubiera muerto, como ella pensaba, ella debía haber hablado con sus padres. Lo sabía, y sabía que era parte de la rabia que asomaba a los ojos masculinos cada vez que Wade se quitaba la máscara de amabilidad que trataba de llevar en todo momento.

Phoebe se estremeció mientras preparaba los ingredientes para la papilla. Wade nunca la perdonaría por eso. Nunca.

La niña era una polvorilla. Sentado en el suelo del dormitorio de su hija poco después, Wade escuchaba los progresos del baño de la pequeña y se preguntó cuál de las dos estaría más empapada, Phoebe o Bridget. Bridget no paraba de hacer ruido, con risas, chillidos y algún que otro grito. Las continuas salpicaduras de agua indicaban que el baño todavía no había terminado.

Momentos después oyó los pasos de Phoebe en el pasillo y la vio detenerse en la puerta del dormitorio con la niña en brazos.

Bridget iba envuelta en una toalla blanca con capucha y al verlo le dedicó una resplandeciente sonrisa. Phoebe la dejó junto a él en la moqueta e inmediatamente la niña empezó a sacudir los bracitos, abriendo y cerrando los dedos y balbuceando cada vez más hasta que Phoebe buscó un libro y se lo puso en las manos. Bridget soltó un grito de felicidad, tan agudo que Wade hizo una mueca.

Sí, sin duda era una auténtica polvorilla.

–Hora de ponerte el pijama, señorita –dijo Phoebe arrodillándose junto a ellos dos con un pijamita rosa–. Toma –dijo a Wade–. Si quieres ocuparte de ella la semana que viene, más vale que empieces a practicar con los cambios de ropa. A veces me da la sensación de que los fabricantes se sientan a discurrir formas de confundir a los padres. Eh, pequeñaja, ven aquí –le dijo a su hija, que se había alejado un poco.

Con la destreza propia de una madre la sujetó.

–No, no. Tú no vas a ninguna parte. Es hora de dormir.

Hora de dormir. Si dos días antes alguien le hubiera dicho a Wade que dormiría bajo el mismo techo que Phoebe, le habría dicho que estaba loco.

¿Cómo iba a poder conciliar el sueño sabiendo que ella estaba en la habitación de al lado?

La niña gritó cuando Phoebe la dejó delante de él otra vez.

–Venga, hazlo –le dijo, sonriendo.

–Piensas disfrutar del espectáculo, ¿verdad?

–Ya lo creo que sí –exclamó Phoebe, con una risita–. Yo también tuve que aprender, así que es justo que pases por la misma experiencia.

–Gracias.

Wade tomó el pijama, que tenía botones en lugares donde ni siquiera se había imaginado que se podían poner. Además, sus manos eran casi el doble de grandes que la prenda. Iba a ser interesante. Aliviado, vio que Phoebe volvía al vestidor de donde había sacado el pijama y empezaba a guardar la ropa doblada que había en un cesto encima.

Veinte minutos más tarde dejó escapar un suspiro de alivio.

–Creo que ya está.

Phoebe se arrodilló a su lado para ver, y después lo miró y asintió.

–Bien hecho. Has aprobado la asignatura Vestir a un Bebé, Primera Parte.

–¿Cuál es la segunda?

–La segunda es la de aprender las Leyes de Murphy de la Crianza. Como por ejemplo «un niño no tiene que tener ganas de ir al baño después de abrocharle todas las cremalleras y botones del anorak de cuerpo entero».

–Parece que tú ya las conoces.

–Dar clases me ha enseñado al menos tanto como yo he enseñado a mis alumnos. Lo que me recuerda que mañana no hay colegio. Es sábado –dijo Phoebe–. A Bridget no le gusta mucho dormir hasta tarde, así que supongo que tendremos que levantarnos sobre las seis o seis y media.

–¡Las seis! ¡Me tomas el pelo! Estoy de permiso.

Phoebe sacudió la cabeza.

–Cuando eres padre eso no existe.

–Yo me levantaré con ella si quieres dormir un poco más.

Phoebe lo miró como si hubiera hablado en chino.

–¿Lo harías?

–Claro. Debe ser duro estar de guardia las veinticuatro horas de todos los días del año.

–No está tan mal –dijo ella, tensa, como si la hubiera ofendido–. Si quieres puedes levantarte con nosotras –continuó–, pero hasta que conozcas nuestras costumbres matinales, es mejor que yo también me levante contigo.

–Phoebe –Wade se levantó y la detuvo, poniéndole una mano en el brazo cuando pasó a su lado–. No quiero quitarte nada, ni tampoco quería ofenderte. Solo quiero aprender todo lo relativo a Bridget.

Ella asintió, aunque no lo miró.

–Siento estar tan susceptible –dijo ella, hundiendo los hombros con un suspiro–. Voy a necesitar un tiempo para adaptarme a esto.

Eso era cierto. Wade la observó cuando se inclinó para recoger un zapato y un calcetín del suelo. Phoebe había cambiado la falda y la blusa que había llevado aquel día al colegio por un par de pantalones vaqueros desteñidos y una camiseta, aunque se había metido la camiseta por dentro del pantalón y se había puesto un cinturón.

El cuerpo se le marcaba delgado y redondeado bajo los vaqueros. «Contrólate», se dijo Wade para sus adentros. Tenía cosas mucho más importantes en qué pensar que el sexo, y sin embargo cada vez que miraba a Phoebe perdía todo pensamiento racional y se convertía en una gigantesca hormona masculina andante.

Bridget dejó escapar un gritito y él volvió bruscamente a la realidad. Phoebe tomó a la niña en brazos.

–¿Qué te pasa, cielo? –le preguntó–. ¿Quieres que papá te lea un cuento?

La niña no podía haber respondido de ninguna manera, pero Phoebe señaló a Wade la mecedora para que se sentara y le puso a Bridget en el regazo. La niña lo aceptó como si lo conociera de toda su corta vida, acomodándose en su regazo y después metiéndose el dedo pulgar en la boca. Wade le leyó un cuento, pero tras unos minutos, la cabecita de la pequeña se apoyó en su pecho y el pulgar cayó de los labios. Wade se dio cuenta de que se había quedado dormida.

A Wade se le hizo un nudo en la garganta y tenía una fuerte presión en el pecho; era preciosa. Y casi imposible de creer que aquella hermosa criatura fuera su hija.

Sintió ganas de acurrucarla contra él, pero temió que el movimiento la despertara. Y así se quedó con Bridget en el regazo hasta que Phoebe asomó la cabeza por el marco de la puerta.

–¿Se ha dormido? –preguntó, en un susurro.

Wade asintió.

Phoebe entró y se arrodilló a su lado, tomando a la pequeña en brazos. Al hacerlo, le rozó sin querer con el pecho el brazo a Wade, y la fragancia cálida y femenina le intoxicó instantáneamente. Y provocó su excitación. Wade quería besarla de nuevo. Qué demonios, quería mucho más que eso. En silencio, la observó levantarse con la niña en brazos. Saber que habían sido los dos quienes habían creado aquella preciosa criatura resultó un nuevo afrodisíaco. Concibieron a su hija aquel día en la cabaña de caza, un día que no era difícil de recordar, como tampoco la intensa y dulce pasión que los unió entonces en muchos más sentidos que el meramente físico.

Los diminutos brazos de Bridget cayeron a ambos lados, y su cabeza se apoyó en el hombro de Phoebe, mientras esta la metía en la cuna con cuidado de no despertarla. Phoebe depositó un beso sobre los rizos pelirrojos, y Wade tragó saliva, otra emoción más que se unió al torrente de sensaciones que le corrían desbordadas por el cuerpo.

¿Cómo era posible pasar de no conocer la existencia de su hija a amarla más que a nada en el mundo, y todo en un solo día? No la conocía, y sin embargo la sentía muy cerca. La conocería, se dijo, y en ese momento se dio cuenta de que podía imaginarse perfectamente cómo sería la niña cinco años más tarde, porque también había conocido a su madre con aquella edad.

Phoebe salió del dormitorio con pasos silenciosos, y lentamente él se puso en pie. Se acercó hasta la cuna y contempló a su hija durante un largo momento.

«Prometo ser el mejor padre que pueda», le juró en silencio.

Después siguió a la madre de su hija. Tenían que hablar de los cambios que iba a haber en sus vidas.

Capítulo Cinco

Phoebe estaba en la mesa del pequeño comedor cuando él bajo las escaleras después de deshacer el petate. Ella estaba sacando folios de la bolsa que había traído del colegio y los distribuía en montones cuidadosamente ordenados sobre la mesa.

Al oírlo llegar, Phoebe levantó la vista y le ofreció una sonrisa impersonal.

–Hora de corregir exámenes de matemáticas.

Wade cruzó la sala de estar hasta donde ella estaba y miró los papeles extendidos delante de ella.

–¿Haces esto con frecuencia?

–Casi todos los días –dijo ella, con una irónica sonrisa–. Los chavales se quejan cuando les mando trabajos, pero en realidad la que debería quejarse soy yo. Cada trabajo que les mando multiplica mi trabajo por veinticuatro, el número de alumnos de la clase –le explicó encogiéndose de hombros mientras se sentaba en la silla–. Y será mucho más interesante a partir de enero. Me voy a matricular en una asignatura de literatura infantil.

–Creía que ya habías terminado la carrera.

–Sí –dijo ella, y sacó un sello con una cara sonriente en él–. Pero para mantener el certificado de

76

enseñanza necesito continuar haciendo cursos de formación para hacer el doctorado. Cada estado tiene su propia normativa, pero en general el concepto es el mismo. Probablemente tú tendrás que hacer lo mismo para mantener tus conocimientos actualizados, supongo.

–Sí. Solo que ahora, si me quedo en el ejército, me darán un trabajo de despacho. Y la capacidad para dar a un blanco cincuenta veces seguidas ya no es tan importante.

Phoebe se mordió el labio cuando se dio cuenta de que le acababa de recordar la necesidad de cambiar de profesión. Sin embargo, continúo mirándolo con expresión preocupada.

–¿Me contarás qué fue lo que pasó?

Los músculos del rostro masculino se tensaron en un esfuerzo para mantener una expresión despreocupada.

–Tengo un trozo de metralla en la pierna. Solo se podría quitar con una operación muy arriesgada –explicó, e intentó sonreír–. Se lo hago pasar fatal a los de seguridad de los aeropuertos.

Phoebe no sonrió.

–Me refería a cómo sucedió.

Wade le dio la espalda y se dirigió hacia el salón, donde había dejado el libro y las gafas de leer.

–Uno de mis compañeros pisó una mina.

–¿Lo viste? –Phoebe se estremeció.

Wade asintió. Un duro nudo en la garganta le impidió hablar.

–Lo siento –dijo ella, suavemente.

Él logró asentir con la cabeza una vez más.

–Sí, yo también.

–Tú siempre quisiste ser soldado, ¿verdad? –una fugaz sonrisa cruzó el rostro femenino–. Me acuerdo cuando Mel y yo teníamos ocho años, los hermanos Paylen y tú nos reclutasteis para ser el enemigo.

El nudo en la garganta masculina se disolvió a medida que el recuerdo volvía a su mente, y con él el irresistible impulso de reír.

–Solo que no duró mucho. Hasta que mi padre se enteró de que os estábamos tirando piedras con una catapulta casera –recordó él, sacudiendo la cabeza–. Siempre tuvo ojos detrás de la cabeza.

Phoebe frunció el ceño.

–De eso nada. Melanie fue quien se lo dijo.

–Qué chivata –dijo él, en un tono cargado de afecto–. Tenía que haberme dado cuenta. Ella se fue y te dejó allí sola. Tú te pusiste a recoger las piedras y a lanzárnoslas de nuevo. Nunca pensé que una niña tan pequeña como tú pudiera lanzarlas tan fuerte.

–Eso me decían las jugadoras de béisbol cuando jugaba en el equipo del instituto –sonrió.

Recuerdos de Phoebe de niña y de él mismo en aquellos años felices antes de que el mundo reclamara su precio lo hicieron sonreír.

–Tenemos suerte de tener unos recuerdos tan maravillosos. Me gustaría volver a tener esa edad.

La sonrisa de Phoebe se desvaneció.

–A mí no. Por nada del mundo volvería a vivir mi infancia otra vez.

Había un tono lúgubre y sombrío en su voz que Wade no había escuchado nunca en ella, y que sin duda significaba algo.

Su interés despertó de inmediato.

—Eso me sorprende —dijo él.

—Crecer sin padre no siempre es fácil.

Ahora que lo pensaba, Wade recordaba algunos comentarios desagradables sobre el nacimiento ilegítimo de las gemelas. Pero…

—Mel y tú siempre me parecíais muy alegres y felices.

El rostro femenino se suavizó, y la línea de la boca se relajó, esbozando una ligera sonrisa.

—Lo éramos —le aseguró ella.

Wade soltó una risita. Quería hacerle bajar la guardia.

—Y más cuando atormentabas a los pobres chavales del vecindario que se peleaban por ti.

—Me estás confundiendo con mi hermana. Yo nunca he atormentado a nadie. Todos los chicos que yo conocía estaban locos por Melanie.

—No todos —dijo él.

En aquel instante, el ambiente cambió y una fuerte corriente eléctrica pareció crearse entre ellos cuando sus ojos se encontraron.

Pero Phoebe apartó la vista inmediatamente.

—Tú también —dijo ella, en un tono que quería mantener el desenfado de la situación—. Cuando estábamos en el último año del instituto, ella te persiguió hasta conquistarte, ¿te acuerdas?

Él sonrió.

–Claro que me acuerdo. ¿Me lo vas a reprochar eternamente? Era un adolescente. Y Dios sabe que a esa edad los chicos no pueden hacer nada contra una guapa mujer tan decidida como Melanie.

Phoebe sonrió, y eso lo sorprendió.

–Era decidida, cierto, y cuando quería algo no cejaba en su empeño. Aquel verano no paró de hablar de ti. Qué ropa ponerse para que te fijaras en ella, dónde colocarse para que la vieras al ir a algún sitio. Una vez le dijiste que el rosa le quedaba muy bien, y pasó los tres meses siguientes comprándoselo todo de color rosa. ¿Tienes idea de lo difícil que es encontrar un tono de rosa que quede bien a una pelirroja? –Phoebe sacudió la cabeza, sin dejar de sonreír–. Lo pasó fatal.

Él también lo estaba pasando fatal ahora. ¿Es que no era consciente de lo deseable que era? Con la expresión suave y soñadora, el cuerpo relajado e inclinado ligeramente hacia él, los labios carnosos y tentadores al recordar aquellos momentos felices de la infancia…

Porque eran carnosos y tentadores. Todo el cuerpo se le tensó de nuevo al recordar el beso de aquella tarde. Solo quería hundirse en su dulzura y hacer realidad el sueño que había mantenido sus esperanzas en aquellos aterradores momentos de estar escondido, agazapado en un lugar desconocido, seguro de que iba a ser descubierto en cualquier momento.

Y hacer el amor con ella de verdad, no solo en su imaginación, como tantas veces había soñado en el hospital del ejército norteamericano en Alemania. La deseó con tanta intensidad que casi se olvidó de la niña que dormía arriba en su cuna.

Y cuando lo recordó, necesitó hasta el último gramo de autocontrol para centrar su atención en lo que decía.

–¿De verdad es una idea tan mala?

El tono tímido de la voz femenina lo sacó de sus pensamientos.

–¿Qué?

Phoebe lo miraba con cierta curiosidad.

–¿En qué estabas pensando? He dicho que si quieres puedes invitar a tu padre a que venga a pasar unas semanas con nosotros. Seguro que le gustará conocer a Bridget.

–¿Qué? –preguntó él de nuevo.

–He dicho…

–Sé lo que has dicho. Pero es que… la invitación me sorprende. ¿Estás segura de que quieres tener aquí a mi padre tanto tiempo?

Phoebe sonrió.

–Tu padre siempre me ha caído bien.

–O podríamos llevar a Bridget a California y quedarnos en su casa –propuso él–. Mi padre ya no es joven, y nunca ha subido en un avión.

Una fugaz expresión cruzó el rostro femenino, Wade no pudo decir si era de pánico.

–Podrías ir a buscarlo y hacer el viaje con él en avión –sugirió ella–. Para que no tenga que hacer el vuelo solo.

–Podría.

Wade habló despacio, sin dejar de observarla. Los dedos alargados y esbeltos de Phoebe se retorcían con nerviosismo. ¿Qué demonios la estaba poniendo tan tensa y tan nerviosa?

–¿No quieres venir a casa?¿Ver nuestro antiguo barrio? Podríamos hacerlo un fin de semana largo, un puente. ¿No podrías?

Phoebe tenía los dedos casi agarrotados.

–Supongo… supongo que sí.

Fue una respuesta tan reticente que Wade estuvo a punto de dejarlo. Pero sentía curiosidad. Phoebe parecía no querer volver nunca a California. ¿Por qué no? Se había criado allí; su familia estaba enterrada allí.

–Podemos ir a ver las tumbas de Melanie y de tu madre, y yo te enseñaré dónde está enterrada mi madre.

–De acuerdo –accedió ella, por fin–. Miraré para ver en qué fecha podemos ir.

¿Había accedido de verdad a volver a California con Wade? Phoebe sentía ganas de abofetearse. Wade apenas llevaba dos días en su vida y ya estaba poniendo su mundo patas arriba. Lo mejor sería echarlo de su casa. Y de su vida.

Pero sabía que no podía. Mantener la existencia de Bridget en secreto era un gran error, no había sido una buena decisión, pero entonces fue mucho más sencillo romper todo tipo de vínculos con su vida anterior. Si por lo menos se lo hubiera contado a los padres de Wade cuando supo que estaba embarazada, o incluso después, cuando creyó que él había muerto.

Pero tarde o temprano la gente se habría enterado. Incluso ahora podía oír los comentarios. «Igual que su madre». «Al menos ella sabe quién es el padre. Su pobre hermana y ella nunca lo supieron».

Oh, sí. Phoebe sabía bien cómo eran las ciudades pequeñas, al menos, la ciudad donde ella se había criado, con un montón de cotillas crueles. No todo el mundo, por supuesto, también había conocido a gente maravillosa, pero había conocido más de los que no querían que sus hijas jugarán con Phoebe y Melanie. Como si ser hija ilegítima fuera una enfermedad contagiosa.

Si estaba agradecida por algo, era por el hecho de que el mundo había cambiado mucho desde su infancia. Hoy en día había familias de todo tipo, y los hijos de madres solteras no eran tratados de manera diferente a los niños con dos madres, o al niño que dividía su tiempo entre la casa de su padre y la de su madre.

Phoebe suspiró mientras miraba el calendario. Tenía dos días libres en octubre, y si pedía un par de días personales, podrían pasar tres o cuatro días en California, con lo que el viaje merecería la pena. No estaba segura de estar preparada para llevar al padre de Wade una nieta de la que no conocía su existencia, pero sabía que Wade no aceptaría una negativa.

***

–¿Seguro que estarás bien? Angie vive a una manzana de aquí, si la necesitas –le dijo Phoebe por enésima vez el lunes por la mañana.

–Estaremos bien –respondió Wade otra vez–. Llamaré a Angie si necesitamos algo. Y si ocurre algo, te llamaré a ti inmediatamente.

–Está bien. Entonces supongo que nos veremos esta tarde.

–Adiós –Wade sujetó la puerta de la calle–. No te preocupes. Wade cerró la puerta de la casa tras ella.

Tras insistir y argumentar que era muy capaz de hacerlo solo, Phoebe accedió por fin a dejarle cuidar de Bridget esa semana sin la presencia de la niñera. Y mejor aún, Phoebe le había dicho que podrían ir a ver a su padre dentro de unas semanas. Antes tenía que hablarlo con el director del colegio donde trabajaba, pero estaba segura de que no habría ningún problema. Por eso Wade decidió hacer las reservas de los billetes de avión en cuanto Phoebe volviera a casa aquella tarde y le confirmara las fechas.

Su padre. ¿Cómo demonios le iba a explicar eso a su padre? Desde que entró en la adolescencia y su padre lo sentó frente a él para su primera conversación «de hombre a hombre», las palabras claves siempre habían sido «conducta responsable» y «protección». Por no mencionar «moralidad».

Wade nunca había mencionado a sus padres sus sentimientos por Phoebe, aunque en realidad nunca tuvo la oportunidad, dado lo ocurrido con la muerte de Melanie. Y entonces, después del entierro, después de perder totalmente el control con ella, tampoco había tenido la ocasión. Tuvo que salir a la mañana siguiente. Y Phoebe no había respondido al teléfono, aunque había estado la mitad de la noche tratando de ponerse en contacto con ella.

Cierto que podía haberse acercado a su casa y llamado a su puerta. Debía haberlo hecho, se corrigió. Pero sabía que estaba sufriendo inmensamente, y sentía que debía respetar su dolor.

También se había sentido culpable, con remordimientos por haberse aprovechado de ella en un momento tan vulnerable. Tenía que haberle parado los pies.

Al final desistió, prometiéndose que se pondría en contacto con ella un par de días después. Sin embargo, fue enviado a Afganistán antes de lo esperado, con apenas veinticuatro horas para prepararse, y no había tenido tiempo ni oportunidad de llamarla. Solo de pensar en ella.

Un mes o dos después supo por su madre que Phoebe se había ido, y que nadie parecía saber nada sobre su paradero. Había rumores de que se había trasladado a la Costa Este, por lo que Wade decidió visitarla en el siguiente permiso a Estados Unidos. Le escribió a la dirección de correo electrónico que había utilizado durante años, y para su sorpresa, el mensaje le fue devuelto como dirección errónea. Entonces su madre sufrió una embolia y todas las llamadas y mensajes electrónicos de Wade con su padre se habían centrado en preocupaciones sobre su enfermedad. En todo aquel tiempo, solo había ido a California un par de veces, una no mucho después de la primera embolia, y la segunda después del entierro de su madre.

Con un permiso de solo tres días, apenas había tenido tiempo de buscarla, incluso si se hubiera trasladado a otra ciudad dentro del mismo estado, por lo que sería imposible localizarla en el otro extremo del país.

Pocos días después de reincorporarse a su destino, vio cómo uno de sus compañeros moría al pisar inesperadamente una mina antipersonas. Otros miembros de su unidad fueron secuestrados por insurgentes que se refugiaban en las montañas de Afganistán. Él apenas tuvo tiempo de esconderse, pero lo consiguió. Y después, con la ayuda inesperada de un campesino afgano, logró salvar la vida y regresar con sus tropas. En una camilla, pero con vida.

Entonces, durante la larga recuperación, tuvo tiempo de sobra para pensar en ella, y por fin reconoció que la necesitaba y que quería ver si todavía quedaban esperanzas de compartir un futuro común. Pensó en buscarla, pero no quería llamarla desde la cama de un hospital. Por eso esperó hasta recuperarse lo suficiente para ir a buscarla personalmente.

Y en todo ese tiempo nunca dejó de pensar en ella y en los fugaces momentos que habían pasado juntos. La revelación de sus sentimientos, y sin duda también los de ella, en la fiesta de antiguos alumnos del instituto, fue un milagro que se vieron obligados a dejar indefinidamente de lado con la trágica muerte de Melanie.

El entierro de Melanie. O más concretamente, lo ocurrido justo después. Cielos, lo había revivido un millón de veces. Nunca olvidaría la noche que hizo el amor con ella por primera vez.

–¿Estás bien?

Phoebe levantó los ojos, sorprendida. Estaba sentada en el balancín que había bajo el techado de rosas enrejadas en un lateral de la casa de su tío. Sentada y mirando, pero sin ver.

Wade vio que tenía los ojos rojos e hinchados, y se dio cuenta de que había hecho una pregunta tonta.

–Bueno, sé que no estás bien, pero no quería… No podía irme sin hablar contigo.

Ella asintió despacio, como si le costara un terrible esfuerzo. Después, muy despacio, dijo:

–Necesitaba alejarme de todo eso –dijo, señalando la casa con un gesto de la cabeza. Le temblaba la voz–. No puedo volver a entrar. No puedo hablar de Melanie con nadie más.

La ceremonia del entierro había concluido; la familia y los amigos de Melanie se reunieron en la casa del hermanastro de su madre para consolarse, para compartir recuerdos o simplemente para saludarse. Era terrible que para reunir a toda la familia fuera necesario que muriera alguien. Wade nunca había visto al padre de las gemelas, y la madre de las jóvenes falleció cuando estas estaban estudiando en la universidad. Los dos hermanastros de la señora Merriman vivían en los alrededores, aunque Wade tampoco había oído hablar nunca a Phoebe ni a Melanie de esa parte de la familia. Además, en el entierro tuvo la clara sensación de que nadie de la familia estaba de acuerdo con el curso que había tomado la vida de la madre de Phoebe.

Miró a Phoebe y sintió un fuerte impulso de protegerla. Cielos, qué no daría por volver a la noche de la fiesta. Cuando Mel le pidió que se fuera estuvo a punto de negarse. Si lo hubiera hecho, probablemente en ese momento no estarían allí.

Pero seguramente nunca se habría dado cuenta de sus verdaderos sentimientos hacia Phoebe.

Con cuidado, se sentó a su lado en el balancín, casi esperando que ella le pidiera que se fuera. Cuando Wade se enteró del accidente, esperó la llegada de Phoebe furiosa, gritando y acusándolo de enfurecer a su hermana hasta el punto de que esta había estrellado el coche contra un árbol al alejarse a toda velocidad de la fiesta.

Pero Phoebe no había ido. Tampoco lo había llamado. Y él no se atrevía a llamarla. Los remordimientos apenas le dejaban respirar.

La primera en enterarse de la hora del entierro

fue su madre, a la que nunca se le ocurrió que su hijo pudiera no ser bien recibido. Wade no tuvo valor para explicárselo, y por eso acompañó a sus padres al funeral a la vez que intentaba mantenerse lo más alejado posible de Phoebe.

Seguro que ella lo odiaba. Al verla sola en el porche, supo que tenía que hablar con ella, aunque solo fuera para escuchar sus reproches. Pero ella no parecía odiarlo. Al contrario. Cuando lo sintió a su lado, apoyó la cabeza en su hombro.

–Ojalá fuera otra vez la semana pasada –musitó ella, con voz entrecortada.

–Sí –dijo él, sintiéndola tan frágil como su voz.

Le rodeó los hombros con el brazo. Phoebe suspiró, y él sintió el cálido aliento a través de la tela de la camisa.

–¿Podemos dar un paseo?

Él asintió.

–Claro.

Wade se levantó y le ofreció una mano. Phoebe le envolvió los dedos con los suyos, mucho más frágiles y pequeños.

Wade la llevó a través del huerto de manzanos y al bosque que se extendía detrás de la casa, siguiendo un sendero que se perdía entre los árboles. Caminaron en silencio durante un largo rato. Cuando el sendero se estrechó, él la ayudó a pasar sobre raíces, rocas y peñascos, e incluso un pequeño arroyo.

Por fin llegaron a una pequeña cabaña. Una estructura rústica de pequeñas dimensiones.

–¿Qué es esto? –preguntó él.

–Mis tíos la usan de vez en cuando, cuando vienen a cazar.

A lo largo de un lateral de la cabaña había una pared estrecha de leña, el escondrijo ideal para todo las serpientes, pensó Wade. Cuando Phoebe echó a andar hacia la puerta, él se adelantó y estudió el terreno. La mayoría de los habitantes de California pasaban toda su vida sin ver una serpiente cascabel, y él prefería seguir siendo uno de ellos. Wade empujó la puerta de la cabaña y se metió en el interior. Phoebe lo siguió, pero en el interior apenas había espacio para dos personas de pie. Había una cocina de leña, un hacha afilada, dos sillas de madera y una mesa plegable colgada de la pared. En una esquina había una litera con dos colchones hechos trizas, víctimas de las ardillas y los ratones, y encima de la mesa dos estanterías. En una de ellas se alineaba una sorprendente variedad de latas de comida junto a un par de paquetes de cerillas. En la otra había una tetera, una cazuela y algunos platos, todos diferentes, junto con unas cuantas cucharas y tenedores. En la cabaña no había electricidad, solo un quinqué de aceite y un cubo del que colgaban de unos clavos en la pared.

–Vaya –dijo él–. Supongo que esto es solo para emergencias. Pero tiene todo lo necesario.

Desde luego él había visto mucho menos en las casas de algunos de los pueblos afganos donde había estado.

–Vienen aquí todos los años y lo limpian y lo preparan antes de la temporada de caza. Traen latas de comida, toallas y mantas –explicó ella, pasando el dedo con gesto ausente por el polvo de la mesa–. Nosotras veníamos a jugar aquí. Nos parecía el mejor sitio del mundo.

Nosotras. Wade sabía que se refería a Melanie y a ella, y entendió perfectamente que les hubiera parecido el lugar más maravilloso del mundo. Pero ahora no supo qué decir, y se quedó callado.

–Una vez a Melanie le mordió un cangrejo enorme que encontramos en el arroyo –dijo ella, señalando por la puerta abierta hacia la colina por donde un pequeño arroyo descendía entre las sombras de los árboles y las rocas del suelo–. Y otro día yo vi una serpiente en esa roca –esbozó una sonrisa–. No sé quién se asustó más. Yo grité como una loca. Pero la pobre serpiente salió disparaba, más aterrada que yo, te lo aseguro.

Phoebe dio un paso atrás, obligando a Wade a retroceder hacia la litera. El cuerpo femenino le rozó ligeramente, y a él le irritó su instantánea reacción.

««No es el momento de pensar en el sexo».

Phoebe no pareció darse cuenta de la reacción que su cercanía le provocaba, mirando como estaba la parte posterior de la puerta. De repente se quedó muy quieta, y Wade le puso las manos en las caderas y la retiró hacia un lado para poder ver qué era lo que estaba mirando.

Allí, grabadas en la madera de la vieja puerta,

estaban sus iniciales: PEM. MAM. Phoebe Elizabeth y Melanie Adeline. Casi sonrió al recordar lo mucho que Melanie odiaba su segundo nombre. Siempre se quejaba de que a Melanie le habían puesto el más bonito.

–Lo escribimos nosotras –explicó Phoebe–, cuando teníamos unos diez años. Recuerdo lo valientes que nos sentíamos. Por supuesto fue idea de Melanie.

Phoebe estiró un brazo y pasó lentamente un dedo por las hendiduras hechas en la madera, trazando el dibujo de las letras.

–Nunca se lo dije a nadie, y creo que ella tampoco. Era nuestro gran secreto –la voz le tembló–. Hicimos la promesa de traer a nuestras hijas aquí algún día para enseñárselo –añadió, casi sin voz y sin respiración.

Al sentir su dolor, el deseo de Wade se apagó al instante, dejando paso a la preocupación.

Le dio la vuelta entre sus brazos y ella inmediatamente le rodeó la cintura con los brazos y se apretó contra él, como un animal buscando un lugar seguro donde refugiarse. Entonces empezó a llorar.

–Eh –dijo él, suavemente–. Phoebe, cielo.

Por fin, Wade se rindió y le acarició el pelo, tratando de consolarla. Él mismo tenía los ojos llenos de lágrimas. Él también conocía y quería a Melanie, y aunque a veces su comportamiento dejaba un poco que desear, había sido parte de su vida desde siempre. Incluso durante un tiempo había sido la persona más importante para él, hasta que se dio cuenta de que tenían muy poco en común y que juntos nunca serían felices. Por eso rompió la relación.

No debía haber ido a la fiesta con ella, pero entonces pensó que sería divertido. En lugar de eso fue… una revelación. Nunca hubiera podido imaginar lo que ocurrió con Phoebe aquella noche.

¿Cómo se le había podido pasar por alto? Durante tantos años había vivido a dos casas de ella, pero él fue incapaz de darse cuenta de que tenía a la mujer de sus sueños delante de las narices. No, incluso había salido con su hermana, sin darse cuenta de que la mujer de su vida era Phoebe.

Todo eso lo vio con absoluta claridad la noche de la fiesta. Desafortunadamente, Melanie también lo vio.

Probablemente Melanie no había querido ser cruel, pensó. Simplemente era demasiado egoísta, pero no hubiera reaccionado como lo hizo al verlos juntos de no haber estado borracha. Wade debía haberse dado cuenta del estado en que se encontraba, pero en esos momentos solo podía pensar en Phoebe.

Y por eso él era responsable de su muerte.

Entonces Phoebe se movió ligeramente y alzó la cabeza. Con los labios entreabiertos, lo besó en la base de la garganta y él sintió el calor húmedo de su aliento en la piel.

–Eh –dijo él.

Su aguante tenía un límite, y ya lo había alcanzado. Estaba seguro de que Phoebe no era consciente de lo erótico que era ese beso. La sujetó por los brazos sin presionar e intentó dar un paso atrás.

–Será mejor que volvamos.

–No tengo prisa –dijo ella, moviendo los labios sobre su piel.

Y esta vez lo besó otra vez, con la boca más abierta, acariciándole la piel de la garganta con los labios a la vez que se apretaba contra él, rodeándole con fuerza la cintura, totalmente pegada a él.

–¿Phoebe?

Wade habló con voz enronquecida, pero ella no respondió con palabras.

–Ah, esto no es una buena idea… –continuó él, tratando de hacer que imperara el sentido común.

Pero Phoebe le besó bajo la mandíbula y después en el mentón. Al alzarse de puntillas hacia él todo su cuerpo se deslizó contra el de él, y el cuerpo masculino reaccionó al instante, sin que él lo pudiera evitar.

Wade apenas pudo contener un gemido. No podía mirarla. Si la miraba, no podría evitar besarla. Y si la besaba, no sería capaz de separarse de ella después de unos besos. Imposible.

Miró hacia el frente y tensó la mandíbula…

Y entonces ella le acarició el lóbulo de la oreja con la lengua y con los labios, jugando con él, y él respiró profundamente…

Y la miró.

Capítulo Seis

Cielo santo.

Wade se dio cuenta de que todavía estaba de pie junto a la puerta de la calle, que afortunadamente había cerrado, porque si no cualquiera que pasara por la calle habría visto la reacción de su cuerpo con los pantalones de deporte que llevaba. Sacudió la cabeza con reproche. Su cuerpo estaba en alerta desde el momento que vio a Phoebe delante de él en el porche el miércoles por la tarde.

Solo habían pasado cinco días desde que por fin la encontró, y dos desde que se instaló en su casa. Y sin embargo, en muchos sentidos, era como si llevaran juntos mucho tiempo, lo que era bastante raro, teniendo en cuenta que nunca habían llegado a salir y, por supuesto, nunca habían vivido juntos.

Pero eso iba a cambiar.

El primer día que estuvo solo con Bridget no lo hizo tan mal para un novato. Phoebe le había enseñado todo lo que necesitaba saber sobre pañales, biberones y papillas, junto con el consejo de que era importante mantener la rutina diaria y los horarios a los que la niña estaba acostumbrada.

Por eso, se había preocupado de seguir con cuidado las instrucciones que le había dado.

Por la mañana se levantó pronto, a la vez que Phoebe, y desayunó con ella mientras esta repasaba una vez más lo que debía hacer. Después ella se fue.

Wade sabía que a ella tenía que resultarle difícil dejarlos a los dos solos, pero después de repetirle una docena de veces que la llamara al trabajo si surgía algún problema, salió por fin por la puerta de casa hacia el coche.

Por la mañana Wade llevó a Bridget a un parque al final de la calle, y después, al volver a casa le dio el biberón. Esta vez no tuvo que mecerla, porque la niña cerró los ojos prácticamente antes de que la tumbara en la cuna. Mientras ella dormía, Wade sacó un sobre grande que había llevado consigo, pensando que probablemente tendría tiempo más que de sobra para echarle un vistazo.

Bridget se despertó un par de horas después, y Wade extendió una manta en el suelo del salón y jugó con ella hasta la hora de comer. Phoebe le había aconsejado que respetara las horas de las comidas si no quería que la niña se pusiera de mal humor.

Y eso era lo que menos deseaba. No quería tener que llamar a Phoebe para pedirle ayuda. Por eso, calentó la papilla que Phoebe había dejado preparada y la mezcló con cereales y crema de albaricoques. Bridget lo devoró todo como si no hubiera comido en un mes.

Después de comer, paseó un rato por el jardín con la niña en brazos y jugaron un rato más antes de la siguiente siesta. Cuando la niña despertó, Wade la sacó al jardín otra vez y jugó con ella hasta que una voz los interrumpió.

–Hola.

Wade alzó la vista desde el arenero donde Bridget se entretenía. Una mujer mayor con una desteñida bata marrón y un delantal de jardinería manchado de tierra se asomaba por la valla que separaba los dos jardines con una sonrisa de oreja a oreja. Parecía un pequeño gnomo, con el pelo blanco recogido en un moño y un destello divertido en los ojos.

–Hola.

Wade se puso en pie, tomó a Bridget en brazos y se acercó a la valla con la mano extendida. Antes de poder presentarse, la mujer le estrechó la mano con fuerza, sacudiéndole el brazo con una vigorosa bienvenida.

–Es un placer conocerlo, señor Merriman. Soy Velva Bridley, la vecina de Phoebe. Es una joven encantadora, realmente encantadora, y la niña es una preciosidad –le aseguró la mujer, a la vez que hacía cosquillas a la niña en el ombligo, que gritó encantada–. Phoebe nunca me ha hablado mucho de usted. ¿Ha vuelto definitivamente?

–Ah, sí. He estado destinado en Afganistán, pero sí, he venido para quedarme –dijo, aprovechando la oportunidad de dejar claras sus intenciones.

–Eso es estupendo. Estupendo. Bridget está en esa edad en la que necesita tener a su padre cerca –continuó la mujer–. Seguro que sufrió mucho cuando ella nació, estando tan lejos. Yo no creo que hubiera podido soportarlo, si mi marido se hubiera perdido un momento tan importante como ese. Tenga –añadió, sacando un puñado de flores rosas de la cesta de mimbre que llevaba colgada al brazo–. Los últimos dragoncillos de la estación. Pensaba llevárselos a Phoebe cuando volviera a casa, pero puede ponerlas ya en agua si quiere. Y ganarse unos puntos –añadió la mujer guiñándole un ojo.

–¿Dragoncillos? –repitió él, extrañado.

–Unas flores maravillosas. Yo siempre las siembro bajo techo, y no las sacó afuera hasta el veinte de mayo, por las heladas tardías, como siempre decía mi padre. Sí, señor, siempre las planto dentro y las saco el veinte. Así siempre tengo las primeras flores de la estación, y también las últimas –añadió con orgullo–. Las mías son las más fuertes.

–Oh, muy bien –dijo Wade, y se aclaró la garganta–. ¿Así que conoce a Phoebe desde que se mudó aquí?

La mujer asintió con la cabeza.

–Una joven encantadora. Cuando vino le traje la tarta de pasas que siempre llevo a todos los nuevos vecinos y nos entendimos desde el principio. Fui profesora, antes de casarme, y no sabe cómo han cambiado las cosas en cincuenta años.

Wade sonrió.

–Habla usted igual que mi padre. A él le encantaría retroceder cincuenta años en el tiempo, a lo que él llama «aquella época maravillosa».

–¡Yo no! –exclamó Velva sacudiendo vigorosamente la cabeza–. Yo me quedo con la era de la tecnología con los ojos cerrados. Me encanta poder enviar correos electrónicos a mis nietos y ver lo que están haciendo en cada momento.

Wade casi soltó una carcajada, pero logró reducirla a una sonrisa.

–Desde luego los ordenadores han facilitado mucho las comunicaciones.

–Tengo un sobrino nieto en Irak –continuó explicando Velva–, y recibir correos electrónicos suyos un par de veces a la semana ha ayudado a su mujer a mantenerse fuerte. Aunque supongo que Phoebe y usted lo saben muy bien.

–Hola –sonó una voz conocida desde el porche del jardín.

Wade giró en redondo. Phoebe estaba de pie en el porche trasero de la casa.

–Hola –la saludó él en respuesta, y después le dijo a Velva–: Ha sido un placer conocerla, señora. Supongo que volveremos a vernos.

La mujer lo miró con expresión divertida.

–Bueno, supongo que si vive al lado de mi casa, tendrá que verme de vez en cuando. Ahora vaya a saludar a su esposa como es debido.

Oh, no. La mujer no tenía ni idea de lo que le estaba sugiriendo. Wade cruzó el jardín con Bridget en brazos y llegó al porche. Phoebe estaba allí de pie, con la falda azul marino y el jersey a juego que había llevado al colegio.

–Hola –empezó ella–. ¿Qué tal el…?

La frase se interrumpió bruscamente cuando Wade le rodeó la cintura con un brazo, la pegó a su costado y la besó sin pensarlo dos veces.

Le buscó la lengua, succionando ligeramente al principio y después más apasionadamente al sentir el cuerpo femenino pegarse a él y relajarse. Cuando él la sujetó, Phoebe alzó las manos y se agarró a sus hombros, y un momento después abrió las palmas de las manos y las deslizó por la espalda y la nuca masculina. Besar a Phoebe era como una droga, pensó él a la vez que movía un poco a Bridget. Una droga muy adictiva.

Cuando por fin le soltó la boca, dejó escapar un soplido.

–¿Por qué has hecho eso? –dijo ella, apoyando la frente en su hombro.

Después le deslizó las manos por el pecho y le sujetó los antebrazos.

–¡Agh!

Bridget se echó hacia ella y Phoebe extendió los brazos justo a tiempo para sujetarla.

–Hola, cielo –le dijo–. No era nuestra intención ignorarte.

Estaba ruborizada y jugueteó y besó a Bridget sin mirar a Wade.

–Por la señora Bridley –dijo él.

–¿Hmm?

Entonces Phoebe lo miró con expresión perdida, como si hubiera olvidado la pregunta de unos segundos antes.

–El beso –dijo él con paciencia–. Tu vecina está encantada de que haya vuelto de Afganistán. Me ha parecido que no debíamos defraudarla.

Phoebe arrugó la frente.

–Oh.

A Wade le resultó gratificante ver que el beso la había afectado tanto como a él. Era agradable saber que no era el único que se sentía así.

Estirando el brazo, abrió la puerta del porche y la hizo pasar a la cocina.

–Interesante que crea que tienes marido.

–Yo nunca le he dicho nada de eso –dijo Phoebe, sorprendida.

–Supongo que pensó que era lo más normal. Es una mujer interesante –dijo, con énfasis en el adjetivo.

Eso hizo sonreír a Phoebe.

–Es única.

–Buena palabra para definirla. ¿Qué tal tu día?

–Oh, bien. ¿Qué tal te las has arreglado tú?

–Estupendamente –le aseguró él–. He conseguido cambiar un par de pañales, que se comiera toda la papilla y ha dormido dos siestas. Así que creo que ha sido un buen día.

–Bien –dijo ella, sinceramente complacida–. ¿Y no has tenido que llamar a Angie?

–No. Ni una sola vez.

Wade tomó a la niña mientras ella sacaba dos vasos y servía dos tés con hielo.

–¿Te acuerdas?

Phoebe, que estaba llevándose el vaso a la boca, se detuvo.

–¿Acordarme de qué?

Él levantó el vaso como si estuviera haciendo un brindis.

–Mi té. Con limón.

Phoebe casi había recuperado su color natural después del beso en el porche, pero el rubor le volvió en un instante a las mejillas.

–Ha sido por casualidad –dijo ella.

Wade se sintió embargado por una cálida y agradable emoción. Se acordaba.

Phoebe preparó espaguetis para cenar mientras él ponía la mesa y cambiaba a Bridget. Era extraño, pensó él, pasar de ni siquiera saber dónde estaba a vivir con ella en menos de una semana.

Antes de encontrarla, imaginó, o mejor dicho esperó, que Phoebe continuara soltera y siguiera queriéndolo como él a ella. Y al pensar en el resto de su vida, supo que quería incluir a Phoebe en ella. Pero había imaginado que primero empezarían saliendo juntos para conocerse mejor y hasta que ella se sintiera más cómoda con él.

La situación no podía ser más distinta, pensó mirando la mesa, el bebé en la trona en un extremo y Phoebe moviéndose con naturalidad por la cocina, esquivándolo como si él siempre hubiera estado allí.

Por supuesto que lo prefería, aunque jamás lo hubiera podido imaginar.

Durante la cena, Wade le habló del otro padre con el hijo de ocho meses que había conocido por la mañana en el parque, y ella le habló de su día. Cuando terminaron de cenar, Wade sentó a Bridget en la hamaca mientras ayudaba a Phoebe a recoger la mesa, y después dijo:

–Me gustaría invitar a mi padre para el Día de Acción de Gracias o para Navidad. ¿Tienes alguna preferencia?

Phoebe lo estaba mirando y abrió desmesuradamente los ojos.

–¿Para Acción de Gracias o Navidad? –dijo casi sin voz–. Para eso todavía falta más de un mes.

Wade la miró sin entender.

–Sí. ¿Y?

–Dime, ¿cuánto tiempo exactamente piensas quedarte en mi casa? –preguntó ella, en un tono casi de temor.

Wade la estudió con detenimiento unos segundos, creyendo que no la había entendido bien.

–No tengo ninguna intención de irme –dijo él sin alterarse.

–Pero… no puedes quedarte a vivir con nosotras para siempre. ¿Y si quisiera… y si quisiera casarme o algo así?

–¿Con quién?

Wade no habría podido reprimir la fiera agresividad de su voz ni aunque hubiera querido. No había visto nada que indicara la presencia de un hombre en la vida de Phoebe, pero eso no significaba que no lo hubiera. Por eso insistió.

–¿Hay alguien por quien deba preocuparme?

–No.

En cuanto dijo la palabra, Phoebe cerró bruscamente la boca, como si fuera consciente de que acababa de darle una importante ventaja estratégica.

–Bien.

Wade dio un paso hacia ella, y ella retrocedió, pero se encontró con la mesa y no pudo seguir moviéndose. Él dio otro paso más hacia ella, hasta que quedaron prácticamente cara a cara. La sujetó por las muñecas y muy lentamente se inclinó hacia delante hasta que sus cuerpos quedaron unidos desde el cuello a las rodillas. Y al igual que la primera vez en la pista de baile, Wade tuvo la sensación de que todo encajaba, de que todo estaba en su lugar.

–Si quieres casarte, perfecto. Pero el único hombre que te pondrá un anillo en el dedo seré yo.

Phoebe se quedó con la boca abierta sin poder reaccionar.

–¿Casar… me… contigo? –balbució.

–Sí.

Maldita sea, tampoco tenía que reaccionar como si la idea la repugnara, se dijo él.

–De eso nada.

El rechazo instantáneo lo sacudió de la cabeza a los pies, pero Wade no estaba dispuesto a mostrarlo.

–¿Por qué no? Compartimos una hija.

–Esa no es razón para casarnos.

–Para mí lo es –dijo él, haciendo un esfuerzo para no alterarse–. Los dos nos criamos en la misma comunidad, tenemos muchos recuerdos en común. Y se lo debemos a Bridget. Le debemos un hogar sólido y estable donde aferrarse –dijo él–. ¿Nunca has deseado que tu infancia hubiera sido un poco diferente?

–N-no –titubeó ella.

Sacudió la cabeza y evitó su mirada, y Wade deseó con todas sus fuerzas saber qué era lo que se escondía detrás de los intensos ojos azules.

–¿Por qué no? –preguntó él una vez más–. Dime tres buenas razones para no casarte conmigo.

Phoebe permaneció en silencio, con la cabeza baja, sin mirarlo.

–No puedes, ¿verdad?

Wade todavía le sujetaba las manos, y lentamente las levantó y se las colocó alrededor del cuello. Phoebe no lo abrazó, pero tampoco bajó los brazos cuando él le soltó las manos y deslizó los brazos alrededor de su cuerpo, pegándola más a él.

–Estamos bien juntos, Phoebe –dijo él, bajando la voz–, y lo sabes tan bien como yo. Nos conocemos muy bien. Lo nuestro podría funcionar.

Con una mano le tomó la barbilla y le alzó la cara. Despacio, apoyó los labios en los de ella. La boca femenina era cálida y los labios maleables bajo los suyos, y lentamente ella fue respondiendo hasta besarlo con el mismo fervor que él recordaba de la única vez que hicieron el amor.

La respuesta femenina despertó en él el deseo que siempre estaba ahí y Wade gimió en lo más profundo de la garganta a la vez que la apretaba más a él y buscaba en su boca.

Phoebe se colgó de él y le dio todo lo que él pedía. Wade deslizó una mano bajo el suéter. La piel era cálida y sedosa, y un deseo aún más fuerte lo sacudió por completo.

–Cásate conmigo–musitó en su boca.

–Esto no vale –dijo ella, separando la boca unos centímetros para poder hablar.

Wade la besó en la mandíbula.

–Lo único que me preocupa es formar una familia los tres.

¿Era su imaginación o el cuerpo femenino se tensó ligeramente?

Lo que no fue producto de su imaginación fue la siguiente reacción de Phoebe, que se separó de él y se colocó bien el suéter.

–Dame tiempo para pensarlo –le dijo–. Estamos hablando del resto de mi vida –añadió, con voz tranquila.

Pero era un tono de voz que Wade conocía perfectamente. Cuando Phoebe se plantaba ante algo, no había forma de moverla como no fuera utilizando dinamita. Y en ese momento él tuvo la sospecha de que ni siquiera eso sería suficiente.

–Del resto de nuestras vidas –le recordó él–. De las vidas de los tres.

–Lo sé –asintió ella–. Déjame pensarlo.

–¿Cuándo puedo esperar la respuesta?

Phoebe abrió las manos.

–No lo sé. Podemos volver a hablar... cuando volvamos de California. ¿Te parece bien?

Wade asintió a regañadientes. La respuesta no le gustaba, pero no quiso continuar insistiendo para no enfadarla de verdad. No podía arriesgarse a que Phoebe tomara la decisión de no querer compartir el resto de su vida con él.

–Está bien.

El fin de semana siguiente Wade preparó el viaje a California, y el viernes de la semana posterior salieron a mediodía en dirección al aeropuerto.

Al principio del vuelo Bridget se mostró un poco nerviosa, pero después de un biberón se tranquilizó y se quedó dormida durante un buen rato en brazos de su madre. Mientras la contemplaba con adoración, Phoebe sonrió divertida al ver la barbilla firme de la pequeña, igual que la de su padre.

Wade. La sonrisa se desvaneció al recordar la proposición de matrimonio, si es que se podía llamar así, y el puño que le apretaba el corazón se cerró aún más. Wade quería casarse con ella para formar una familia con su hija, y porque los dos se conocían y sabía que podrían hacerlo funcionar. Pero no había dicho nada de amor.

¿Podría casarse con él, sabiendo que no la amaba como ella deseaba? Oh, era cierto que sentía afecto por ella, de eso no le cabía la menor duda. Y también era evidente que la deseaba. Pero él también había amado y deseado a su hermana Melanie en el pasado, y Phoebe sabía que su hermana siempre sería la dueña de su corazón. Sin embargo ella, Phoebe, nunca había esperado tener ningún tipo de relación más personal con él, y mucho menos casarse y ser la madre de sus hijos. Por eso, se dijo, no podía quejarse.

Cuando el avión inició el descenso, Phoebe miró por la ventana. Allí estaba Mission Bay, con las aguas azules que brillaban bajo la luz del sol y el campo de golf de La Jolla. La universidad, la base naval, el zoo, y el faro, en lo más alto de un acantilado.

La autopista del norte estaba atascada con el tráfico que se apresuraba por salir de la ciudad, todos conduciendo a la velocidad típica de California. Ella estaba impaciente por volver a conducir allí.

Y antes de darse cuenta, allí estaban. Wade había alquilado un coche para el largo fin de semana puesto que no tenía coche propio. Hasta ahora nunca lo había necesitado. Cuando visitaba a sus padres, siempre utilizaba uno de los coches de la familia.

Cuando llegaron a su antiguo vecindario, Phoebe se dio cuenta de que estaba conteniendo la respiración.

El aspecto seguía siendo el mismo de siempre. Jardines pequeños a la sombra de árboles en flor; triciclos, bicicletas y patines en los jardines frontales y en los senderos de las casas; flores de vivos colores que decoraban los porches y las entradas.

Desde el final de su calle se podía ver el océano, Phoebe lo sabía. Y cuando Wade llegó al final de la calle sin salida y giró para poder detener el coche junto a la acera de la casa de su padre, Phoebe estiró el cuello para mirar por encima del alto acantilado.

La playa, a la que se llegaba por una serpenteante cuesta desde la cima de la colina donde estaban, no se veía, pero sí el vasto horizonte que se extendía tras ella. En aquel momento el océano tenía un tono azul oscuro y profundo, y estaba salpicado de hileras de espuma blanca que salpicaban en todas direcciones. Una oleada de nostalgia la golpeó como una ola, rompiendo sobre ella y empapándola.

¡Cómo había echado de menos aquella vista! ¿A quién quería engañar? Lo suyo no era la Costa Este. A ella le encantaba el Pacífico, y quería que Bridget creciera con recuerdos cargados de la playa de guijarros erosionados y redondeados con un agua tan fría que siempre que te bañabas te castañeteaban los dientes. Quería llevar a su hija a la bonita playa de Laguna Niguel, donde ella había ido todos los años al menos una vez a pasar el día en una especie de mini vacaciones familiares. Quería contarle historias sobre su abuela y sobre su tía Melanie…

Pero aquí era más difícil, pensó tragando saliva. Aquí estaban todos los recuerdos de su hermana y de su madre, y era mucho más difícil ignorar el dolor y continuar adelante. Ese fue uno de los principales atractivos del trabajo de Nueva York. Pero ahora el pasado del que había huido la había alcanzado, y por culpa de su propia estupidez, tenía una deuda con Wade: dejar de huir y permitirle conocer a su hija.

Phoebe dirigió la mirada hacia su antigua casa, cuatro puertas más allá, preguntándose quién viviría allí ahora. ¿Tendrían algún animal de compañía? El caniche de su madre, Boo-Boo, se dedicó a escarbar agujeros por todo el jardín hasta que se hizo demasiado viejo y se quedó sin fuerza. Entonces se tuvo que limitar a pasar el día tendido en el porche ladrando a los niños que pasaban por la acera en sus bicicletas.

¿Habría niños en la casa? Desde fuera no se podía saber. La puerta del garaje estaba cerrada y no había bicicletas y juguetes en el jardín delantero. Y un alto seto impedía ver el jardín de atrás. ¿Seguiría estando allí el limonero que plantó su madre?

–Eh.

La voz de Wade la sacó de su ensimismamiento. Él estiró la mano y le rozó ligeramente la espalda.

–¿Te encuentras bien? –preguntó preocupado.

–Sí, estoy bien –respondió ella, y cuadró los hombros–. Es una sensación extraña, venir aquí y no poder ir a casa.

Wade asintió con la cabeza.

–Me lo imagino, aunque nunca lo he experimentado.

Aunque en cierto modo las cosas para él también habían cambiado.

–¿Han cambiado mucho las cosas ahora que no está tu madre? –preguntó ella.

Wade se encogió de hombros.

–No mucho. Mi padre siempre echó una mano con las tareas de la casa y la comida, así que no es un inútil.

–Pero la dinámica cambia –dijo ella, que lo sabía perfectamente.

Algunos de los momentos más tristes de su vida fueron los fines de semana y vacaciones que había pasado en casa durante el primer año en la universidad, después de la muerte de su madre. Las cosas entre Melanie y ella no eran igual que antes. Las dos sufrieron intensamente, pero en lugar de unirlas el dolor la separó, y Phoebe cada vez tenía menos ganas de volver. Era más sencillo quedarse en la universidad y sumergirse en la vida de estudiante que volver a casa y meterse en el mundo de callado dolor que Melanie y ella compartían.

En lugar de ir a la universidad de Berkeley, Melanie decidió cursar sus estudios en la universidad laboral de su ciudad natal, y nunca llegó a alejarse de los recuerdos del pasado. A veces Phoebe se preguntaba si Melanie no sentía cierto resentimiento hacia ella por eso, a pesar de que fue ella misma quien decidió quedarse a vivir allí.

Phoebe también sufrió, pero la vida continuaba y llegó un momento en que se exigió hacer lo mismo.

–Supongo que tú sabes muy bien cómo cambian las familias –dijo él, en voz baja.

Phoebe asintió.

–Cuando tu madre murió, las cosas cambiaron. Pero cuando murió Melanie, todo tu mundo se desmoronó, ¿no? –dijo él.

Phoebe estuvo a punto de perder el control y romper a llorar. La comprensión de Wade no le estaba facilitando el regreso. Pero hizo un esfuerzo y tragó saliva.

–Sí, perder a mi madre fue duro, pero perder a Melanie… Sé que su muerte no fue el catalizador para el cambio radical de mi vida, pero a veces da la sensación de que una cosa llevó a la otra.

Wade tensó la mandíbula, y Phoebe se dio cuenta de que tenía los dientes totalmente apretados.

–Supongo que sí –dijo él, como si le arrancaran las palabras de la boca.

Phoebe lo miró, preguntándose qué demonios le pasaba.

–¿Te encuentras bien? –preguntó, a la vez que desataba la sillita de Bridget.

Eso pareció devolverlo a la realidad.

–Sí –dijo él con expresión anonadada, dándose cuenta de que Phoebe llevaba a Bridget dormida apoyada en el hombro–. Vamos a presentarle a la Bella Durmiente a su abuelo.

Phoebe tenía el estómago hecho un nudo mientras seguía a Wade hacia la puerta del porche lateral, la que la familia siempre utilizaba. Wade abrió la puerta y la invitó a pasar. Entrando tras ella, dijo:

—Hola, papá. ¿Dónde estás?

—Hola —respondió una voz grave muy similar a la de Wade desde la cocina.

Wade rodeó a Phoebe y se dirigió hacia el pasillo que llevaba a la cocina, y un momento después apareció su padre.

—Vaya, menuda sorpresa. Pensaba que ibas a estar en la Costa Este al menos un mes.

Los dos hombres se abrazaron.

Phoebe se quedó de piedra, incapaz de moverse. ¿Cómo que una sorpresa? ¿Acaso Wade no le había contado nada sobre Bridget?

—... aquí hay alguien que quiero que conozcas —le estaba diciendo Wade a su padre.

Los dos hombres se dirigieron hacia ella. Reston, el padre de Wade, puso expresión de extrañeza al verla.

—Phoebe Merriman. No sabía que habías vuelto. ¡Cómo me alegro de verte! ¿Y quién es esta? —preguntó rebosante de alegría—. Ni siquiera sabía que te habías casado y que eras madre.

Inmediatamente se hizo un silencio tenso.

—Oh, qué caray —dijo por fin Reston frotándose la cara con la palma de la mano—. Olvida lo que he dicho. Ya sé que hoy en día no es necesario estar casada para ser madre.

Cojeando ligeramente, Reston se acercó a Phoebe, y esta recordó que la cojera era resultado de la artritis que sufría.

–Es una preciosidad –dijo, a la vez que le acariciaba la mejilla al bebé con la punta del dedo–. Tiene el mismo color pelirrojo que los Merriman –comentó, con una risita.

Phoebe asintió y se obligó a sonreír.

–Cuando nació, todas las enfermeras se reían porque lo tenía totalmente de punta.

Wade se aclaró la garganta.

–Papá, ¿podemos sentarnos?

Reston se irguió y dirigió una mirada preocupada a su hijo.

–Está bien. ¿Traes malas noticias?

Wade sacudió la cabeza.

–No, creo que esta noticia te va a gustar. No es fácil decir esto, así que lo voy a decir directamente. Phoebe y yo…. Bueno, la niña se llama Bridget y yo soy su padre.

Capítulo Siete

«Soy su padre».

Phoebe se preguntó si las palabras de Wade le resultaron tan increíbles a su padre como a ella. ¿Cuánto tiempo necesitaría para aceptar que Wade estaba realmente vivo y en su vida para siempre si las cosas salían como él quería?

Los ojos de Reston Donnelly se abrieron desmesuradamente, igual que su boca.

–¡Venga ya! Me tomas el pelo.

–Es cierto, papá –dijo Wade, sonriendo ante la perplejidad de su padre–. Eres abuelo.

La mirada de Reston pasó inmediatamente a Bridget.

–Es… eres… ¿es mi nieta?

Phoebe asintió.

–¿Por qué…? –Reston se aclaró la garganta–. ¿Por qué no me lo dijiste?

–Wade no lo sabía –se apresuró a responder Phoebe, que no podía soportar la expresión de dolor en el rostro del hombre mayor–. Siento no habérselo dicho…

–Phoebe creía que había muerto –dijo Wade, interrumpiendo ahora él la disculpa–. Solo se enteró de que nos habían atacado, pero nunca supo que finalmente logré volver a mi unidad.

Reston miró a Phoebe horrorizado.

–Oh, cariño. Si hubiera sabido dónde estabas, te lo habría dicho. Nadie conocía tu paradero después de…

–Lo sé. Necesitaba empezar de nuevo.

Reston asintió. Después volvió a mirar a la niña que dormía en brazos de Phoebe.

–Lo imagino –dijo el hombre mayor. Después miró a su hijo–. ¿Cómo la has encontrado?

Wade soltó una carcajada que sonó más bien como un ladrido.

–Rastreando a todas las personas que la conocían, con la esperanza de que alguien me dijera dónde estaba. Por fin tuve suerte con una de sus amigas del instituto.

–Tuviste que llevarte un susto de muerte cuando apareció vivo en la puerta de casa –dijo Reston, mirando de nuevo a Phoebe.

–Ya lo creo. ¿Quiere tomarla en brazos? –dijo Phoebe.

–Será un placer –dijo el anciano con ojos brillantes y cargados de ternura.

El hombre se acomodó en la silla y tomó a la niña, que Phoebe le puso con delicadeza entre los brazos.

–Eres una preciosidad –susurró–. Bridget. Bridget Donnelly. Es un buen nombre irlandés –comentó–. A tu abuela le habría encantado conocerte.

A Phoebe le dolió tanto el pecho que apenas pudo reprimir un gemido. No se atrevió a mirar a Wade. Se imaginaba su expresión helada. Sin embargo, no corrigió el apellido que Reston había asignado a su nieta. Ya habría tiempo para eso.

Bridget empezó a moverse y Wade dijo:

–Trae, veré si la puedo tranquilizar.

Entonces Phoebe lo miró, pero él no la miraba. Wade alzó a la niña y se la apoyó en el hombro con una naturalidad increíble después de tan poco tiempo. Bridget se tranquilizó inmediatamente y Wade sonrió.

–Conoce bien a su padre –dijo, con orgullo.

Phoebe metió la mano en el bolso y sacó un álbum de fotos donde había imágenes de su hija desde su nacimiento. Después se lo entregó a Reston.

–Le he traído unas fotos.

Reston se sentó en el sofá y dio unas palmaditas en el hueco libre junto a él.

–Siéntate aquí y háblame de ella.

–A mí también –dijo Wade.

Phoebe lo miró, pero él estaba mirando al álbum, no a ella. Sabía que Wade había visto los álbumes de fotos que ella tenía desde el nacimiento de Bridget, pero nunca le había contado nada de sus primeros meses de vida.

Una vez más, los remordimientos se apoderaron de ella. Imitando la invitación de Reston, dio unas palmaditas al cojín junto a ella.

–Buena idea. No te he contado que Bridget casi nació en medio de una boda.

–¿Qué? –preguntó Wade, inmóvil.

Phoebe tiró de su brazo y él se sentó a su lado, dando distraídas palmaditas a Bridget en la espalda.

Sonriendo, Phoebe le dio el álbum de fotos. En la primera página estaba la única foto que tenía de sí misma durante el embarazo.

–Esta foto me la hicieron el día que nació Bridget. Fui a la boda de una compañera de trabajo, y el fotógrafo hizo la foto antes de la misa, cuando estaba firmando el libro de invitados –explicó riendo–. Menos mal que me la hizo.

–¿Te pusiste de parto en la boda? –preguntó Wade, con incredulidad.

–Ya estaba de parto –le corrigió ella–. Pero era tan tonta que no me di mi cuenta hasta que estábamos a mitad de la ceremonia. Pensaba que la espalda me dolía por estar tanto rato de pie el día anterior.

Reston soltó una carcajada.

–Seguro que no volverás a ser tan tonta la próxima vez.

La carcajada fue seguida por un tenso silencio. Un embarazoso silencio, pensó ella, sin saber qué contestar. ¿Volvería a quedarse embarazada algún día?

Wade quería casarse con ella, pero ella prefería no pensar mucho en lo que significaba. ¿Querría tener más hijos con ella? Un estremecimiento involuntario la hizo temblar al imaginar cómo concebirían esos posibles hijos, y todas las células de su cuerpo sintieron la presencia del cuerpo masculino, tan grande y tan cálido, y sentado tan cerca de ella.

Como impulsada por un resorte, Phoebe dejó el álbum de fotos en manos de Wade y se puso en pie.

–Me gustaría lavarme un poco.

«A veces da la sensación de que una cosa lleva a la otra».

Aquella noche, tumbado en la cama individual del dormitorio de su infancia, Wade todavía escuchaba el dolor en la voz de Phoebe. La frase lo obsesionaba.

Se sentía como el ser más bajo del universo. Phoebe lo había dicho, aunque seguramente sin segunda intención. Pero él sabía que la vida de Phoebe había cambiado tan rotundamente por él.

«Si no la hubieras dejado embarazada, querrás decir».

Si no la hubiera tocado, si le hubiera ofrecido el consuelo que ella necesitaba en lugar del sexo que ella parecía querer necesitar para olvidar el dolor, y si él no hubiera sido un estúpido egoísta después…

De nada servía arrepentirse del pasado. La realidad era que Phoebe y él tenían una hija, y por esa hija tenían que solucionar sus problemas y darle el hogar feliz y estable que se merecía.

Por eso tenía que encontrar la manera de que

Phoebe accediera a casarse con él. De momento parecía resistirse un poco a la idea. ¿Por qué?

Estaba seguro de que el rechazo no era de tipo físico.

Entre los dos había una pasión suficiente para provocar un incendio.

Incapaz de dormir, se levantó y bajó las escaleras descalzo. En la mesa de centro del salón estaba el álbum de fotos regalo de Phoebe a su padre. La luz de las farolas de la calle se colaba a través de la ventana, y Wade tomó el álbum y pasó las hojas con gesto ausente.

–¿Wade?

Sorprendido, casi se le cayó el álbum de la mano. Phoebe estaba en el último escalón de las escaleras.

–¿Qué haces?

Ahora llevaba el pelo suelto. Incluso en la habitación en penumbra, vio que lo tenía más largo. Más largo que hacía año y medio. Hasta ahora no se había dado cuenta porque siempre lo llevaba recogido en un descuidado nudo encima de la cabeza.

Si hubiera sido Melanie, probablemente habría estado una hora delante del espejo para conseguir un efecto similar. Melanie. ¿Es que nunca iban a hablar de ella? Su recuerdo se mantenía flotando entre los dos como un globo de helio atado a la mano de un niño.

–¿Te encuentras bien? –preguntó ella, preocupada, vestida con lo que parecía una camiseta larga de hombre con botones, aunque por cómo caía a medio muslo y marcaba las curvas femeninas, Wade estaba seguro de que no había sido diseñado para un hombre.

–No estoy seguro –dijo él, lentamente.

Enseguida Phoebe bajó el último escalón y cruzó el salón. Le puso una mano en la frente.

–¿Estás enfermo?

Wade la miró, de pie tan cerca de él entre las tenues sombras del salón, con los ojos muy abiertos y preocupados.

–No –dijo él–. No estoy enfermo.

Inmediatamente Phoebe fue a retirar la mano, pero él la sujetó y no la dejó alejarse.

–No te vayas.

Phoebe se detuvo, pero no habló. Le miró a la cara mientras él tiraba de ella hacia él, hacia su lado. Le pasó una mano por el pelo, le tomó la mejilla y le frotó ligeramente los labios con el pulgar. Phoebe tragó saliva.

–Wade, yo… –se interrumpió y sacudió la cabeza–. Me alegro de que hayamos venido a ver a tu padre.

Él sonrió y le deslizó la mano desde la cara hacia atrás, por los sedosos mechones de pelo.

–Yo también. Bridget lo tiene totalmente embobado. Gracias por dejarle darle el biberón antes.

–No le ha parado de hablar ni un minuto. ¿Te has dado cuenta?

Él asintió.

–Sonaba bastante ridículo.

–Igual que alguien que me sé.

–Eh, yo no sueno ridículo.

–Tienes razón –dijo ella–. Solo totalmente embobado, ridículamente embobado.

–Sería imposible no estarlo –dijo él–. Es perfecta.

–Casi, sí –dijo ella.

–Se parece mucho a su madre –dijo él–. Que también deja a los hombres totalmente embobados.

Phoebe dejó escapar un soplido.

–Sabes que nunca he dejado embobado a ningún hombre.

El silencio se hizo entre ellos.

Inmediatamente Wade recordó la cabaña del bosque donde hizo el amor con ella, sintiéndose totalmente embobado y embriagado por ella, recordando la intensa sensación de entrar en su cuerpo.

–En eso tengo que discrepar –dijo él, consciente del tono enronquecido de su voz.

Phoebe gimió suavemente, inclinando la cabeza hacia delante, en un movimiento que hizo que la melena le tapara la expresión de la cara.

–Ya sabes a qué me refiero.

Wade le puso un dedo en la barbilla. Aunque Phoebe no estuviera dispuesta a hablar sobre Melanie, él no iba a permitir que ignorara también lo que había entre los dos.

–Perfectamente. Me recuerda a hacer el amor contigo –volvió a acariciarle el labio inferior con el pulgar–. ¿Recuerdas cómo fue?

Phoebe aspiró profundamente y el cuerpo se le tensó. Por un momento Wade pensó que no respondería, pero al final ella susurró:

–Lo recuerdo.

Deslizando los brazos alrededor del cuerpo femenino, Wade la atrajo hacia él.

–Hagamos un nuevo recuerdo.

Phoebe no se resistió cuando él le tomó la boca con la suya. A él se le aceleró el corazón cuando sintió las manos femeninas acariciándole la espalda, y con la lengua dibujó la línea cerrada de los labios, hasta que ella los separó y él intensificó el beso.

Wade le tomó los brazos y los colocó alrededor de su cuello, sin dejar de besarla. Phoebe era bastante más pequeña que él y tenía que estar prácticamente de puntillas. Eso la hizo perder el equilibrio y apoyarse contra él. El suave vientre se apretó contra el miembro erecto, enviándole una oleada de placer por toda la columna vertebral.

Arrancando la boca de sus labios, Wade depositó un reguero de besos por la garganta femenina y después apartó el cuello del camisón. Phoebe solo lo llevaba abrochado hasta el pecho, y Wade bajó la tela por el hombro dejando al descubierto un trozo de la piel pálida y cremosa.

–Preciosa –susurró sobre su piel.

Alzó una mano y le tomó un seno en la palma a la vez que acariciaba suavemente el pezón por encima de la tela con el pulgar.

Phoebe dejó escapar un gemido y echó la cabeza hacia atrás.

–La niña estaba muy inquieta y... –Reston se detuvo a mitad de las escaleras con Bridget en brazos.

Incluso en la penumbra Wade vio que su padre arqueaba las cejas.

Phoebe se irguió de repente, pero cuando quiso apartarse de él, Wade no se lo permitió. Por eso enterró la cara en la camisa masculina, mientras Wade miraba a su padre por encima de su cabeza.

–Sabéis que así fue como hicisteis la primera, ¿verdad?

Wade no pudo evitar la media carcajada que salió de su boca.

–No, papá –dijo–. No fue así en absoluto.

Esta vez le tocó a Reston sonreír, mientras Phoebe deseaba que se la tragara la tierra.

–Bueno –dijo–, entonces ¿vais a casaros?

–Sí –dijo Wade.

–No– dijo Phoebe.

–Ya veo –murmuró.

Dio media vuelta y echó a andar hacia arriba con la pequeña en brazos, que parecía haberse dormido de nuevo. Pero justo antes de desaparecer, se detuvo y los miró con una expresión seria.

–Eso le hubiera gustado mucho a tu madre –dijo a Wade. Después miró a Phoebe, que todavía no se había movido. Sacudió la cabeza–. A veces aún no puedo creer que se haya ido. Esta niña habría sido para ella una delicia.

–Manipulador –dijo Wade cuando estuvo seguro de que su padre no podía oírlo.

***

Phoebe levantó la cabeza aunque no pudo mirar a Wade a los ojos. Las últimas palabras de su padre resonaban en su mente como un eco, despertando de nuevo todos los remordimientos que había sentido por ocultar la verdad de su embarazo a Wade.

A juzgar por el rumbo que iba a tomar su vida, no hacía falta un adivino para saber todo el dolor que le deparaba el futuro. Pero también sabía con plena certeza que si no se casaba con él, el sufrimiento estaba asegurado.

Y supo que iba a aceptar incluso antes de abrir la boca. Prefería vivir con Wade, sabiendo que no la amaba de la forma que ella deseaba, que vivir sin él y perderlo para siempre. Al creer que había muerto, que se había ido para siempre, fue como si la mitad de su ser hubiera muerto también. Y ahora decidió que prefería tenerlo a medias que no tener nada, a pesar del dolor que eso le produciría en el futuro.

–De acuerdo –dijo.

–¿Qué? –Wade la miró perplejo, sin entender.

–De acuerdo, me casaré contigo.

Eso atrajo la atención de Wade, que la miró intensamente.

–¿Has cambiado de opinión porque mi padre nos ha sorprendido besándonos?

Phoebe se encogió de hombros.

–Es que sé que Bridget se merece una familia. Una familia íntegra –se corrigió.

Wade tenía razón. Una hija era una razón más que suficiente para casarse. Todos los niños merecían tener un padre y una madre.

«Y abuelos. Nunca me perdonaré no permitir que conociera a su abuela paterna. Aunque solo hubiera sido por un día, o por un mes, o por muchos años, debí haberme dado cuenta».

Wade seguía mirándola, con los ojos clavados en ella como si fueran dos rayos láser que estaban examinándole el alma.

Cielos, ¿acababa de acceder a casarse con él? ¿Con el hombre que amaba desde que era una niña en el parque? Tenía sus razones, se recordó. Bridget necesitaba un padre; merecía una infancia estable con padre y madre. Criarla solo con su sueldo de maestra se podía hacer, pero no sería fácil. Con la ayuda de Wade podría ofrecerle a su hija las cosas que Phoebe deseaba para ella: clases de música o de baile.

Phoebe por otro lado solo necesitaba una razón para casarse con él: amor. Ella lo amaba desde siempre, y cuando lo creyó muerto y tuvo que aceptarlo así, fue como si tuviera el corazón hecho añicos para siempre.

Hasta que descubrió que no había muerto.

El corazón se le había recuperado mucho más deprisa que la cabeza. A ella todavía le costaba creer que Wade estuviera allí de verdad. Pero su corazón no tenía ningún problema para amarlo incluso con más intensidad que a los diecisiete años, cuando pertenecía a su hermana.

–Bien –dijo finalmente Wade, que acababa de ver el paso de distintas expresiones por el rostro de Phoebe, desde la ternura a una profunda tristeza, y casi prefirió no saber a qué se debían–. ¿Cuándo?

–¡No lo sé! –respondió ella, todavía perpleja–. ¿Tenemos que decidirlo esta noche?

Él asintió.

–Sí, antes de que te arrepientas –dijo él, y chascó los dedos–. Ya lo sé. Podemos parar en Las Vegas de regreso a Nueva York.

Phoebe lo miró horrorizada.

–No pienso casarme en una capilla de la capital mundial del juego. Además, ¿qué haríamos con Bridget?

–¿Llevarla con nosotros? –sugirió él, encogiéndose de hombros.

–No –dijo ella–. Rotundamente no. Volveremos a Nueva York y solicitaremos la licencia como todo el mundo. Después esperaremos a que nos la den y haremos las cosas bien. No tengo intención de decirle a Bridget que nos casamos en Las Vegas por una decisión repentina.

–O a nuestros otros hijos –dijo él, con fingida expresión de inocencia.

–¿Nuestros otros…? –Phoebe se interrumpió y lo miró–. ¿Lo has dicho para asustarme, verdad?

Wade sonrió.

–¿Te ha asustado?

–Supongo que sí –dijo ella, esbozando una sonrisa.

Wade continuaba abrazándola, muy consciente del pulso acelerado y de las suaves caderas femeninas contra él.

Sin dejar de mirarla, le puso las manos en las caderas y la apretó firmemente contra él. Después se movió ligeramente.

–Te deseo –dijo.

Phoebe cerró los ojos.

–Aquí no –dijo ella, con voz casi inaudible.

–No –dijo él, depositándole un fuerte beso en los labios–. Aquí no. Pero pronto.

Capítulo Ocho

Habían aterrizado en Nueva York y se alejaban del aeropuerto. Bridget acababa de dormirse en la silla del coche cuando Wade dijo:

–Gracias por dejarme llevar a Bridget a conocer a mi padre. Le ha encantado.

–No tienes que darme las gracias –dijo ella, sonriendo ligeramente, aunque no muy convencida–. Tenía que haberme puesto en contacto contigo en cuanto supe que estaba embarazada.

Entre ellos estaba de nuevo el hecho de que la madre de Wade murió sin saber que iba a tener un nieto.

–Sí –dijo él.

Incluso desde el asiento del conductor, y sin mirarla directamente, Wade percibió la tensión en el cuerpo de Phoebe.

–Pero entiendo por qué no lo hiciste. Y quizá hubiera dado igual –dijo él.

En ese momento sintió que con sus palabras el nudo de rabia que había tenido escondido en lo más profundo de su ser por fin se deshacía.

–El cuerpo de mi madre se estaba rindiendo –continuó–. Después de la primera embolia, leí mucho sobre enfermedades cerebrales. Las causas, el progreso de los pacientes, las terapias que se utilizan… Seguramente fue una bendición para los dos que mi madre no haya tenido que pasar años de continuo sufrimiento.

–¿Cómo puedes decir eso? ¿No crees que tu padre hubiera preferido tenerla con vida en cualquier estado…?

–Estoy seguro de que es lo que él piensa. Pero durante mi recuperación vi muchas víctimas de lesiones cerebrales y soldados que sufrieron embolias que dejaron terribles secuelas. Y sé que mi madre no hubiera querido vivir así –hizo una pausa, y le tomó un mechón de pelo con la mano–. Hay algunas formas de vida que no son dignas. No me gustaría eso para ninguno de los dos.

Phoebe asintió en silencio y, con el movimiento, el mechón de pelo, suave y sedoso, se deslizó por entre los dedos de Wade. La sensación le recordó inmediatamente la noche que les esperaba. La noche en la que por fin meterían a Bridget en la cuna y después estarían solo ellos dos. Solos.

Las horas siguientes pasaron con una lentitud inimaginable. Por fin llegaron a casa de Phoebe, descargaron el coche y cenaron. Aunque habían perdido tres horas en el viaje de regreso por el cambio de horario, todavía eran las ocho cuando Bridget por fin se durmió.

Wade siguió a Phoebe al dormitorio de la niña cuando esta la dejó en la cuna, y los dos la miraron un momento en silencio.

—Es increíble —dijo él.

Phoebe sonrió.

—Sí lo es,¿verdad?

Wade le rodeó los hombros con el brazo y la sacó de la habitación. Phoebe ajustó la puerta, dejando apenas una rendija, y después se volvió hacia él. Con una sonrisa dejó escapar un suspiro.

—Estoy nerviosa —dijo con una risa.

Él sonrió.

—No tienes que estarlo.

La tomó de la mano y la llevó al dormitorio y a la enorme cama donde ella dormía. Apoyándole las manos en los hombros, la atrajo a él y la abrazó. Ella le rodeó la cintura y se apretó a él.

Fue un momento tierno, infinitamente tierno. A Wade se le hinchó el corazón de emoción. «Te quiero».

Casi se le escaparon las palabras.

La noche que bailaron en la fiesta del instituto Phoebe había insinuado que lo amaba. ¿Pero a largo plazo? Cierto que hizo el amor con él, pero fue después del entierro de su hermana, en un momento de gran vulnerabilidad emocional. Y se había sentido abrumada al verlo después de creer que había muerto. Pero era el padre de su hija. Y habían sido amigos desde la infancia. No era necesario que la amara para estar encantada de verlo con vida.

Cada vez que se mencionaba el nombre de Melanie se quedaba tan callada que Wade apenas lo podía soportar. ¿Lo culpaba a él? Dios sabía que tenía derecho a hacerlo. Él nunca debió permitir que Melanie se fuera sola aquella noche.

Por eso no dijo nada. El largo silencio femenino sugería que ella no estaba tan segura sobre su reacción, y eso lo ponía terriblemente nervioso. Quizá no le perdonara nunca la muerte de Melanie, pero él no permitiría que lo expulsara de su vida. La quería, incluso si nunca se lo podía decir con palabras.

Aquella noche se lo demostraría.

Se detuvo junto a la cama y la tomó en brazos. Tras un momento, ella alzó la cara hacia él y la besó. A pesar de todo, no había dudas de la química que existía entre ellos. La besó durante un largo rato, utilizando los labios y la lengua para mostrarle cómo se sentía; sencillamente le hizo el amor con la boca hasta que los dos empezaron a jadear de deseo.

Cuando le alzó el borde de la camiseta, Phoebe levantó los brazos y le dejó que se la quitara por la cabeza.

–Eres preciosa –dijo él, quitándole el pequeño sujetador que llevaba y tomándole los senos firmes y sólidos con las palmas de las manos.

Con los pulgares le acarició los pezones rosados mientras ella empezaba a desabrocharle los botones de la camisa.

Logró desabrocharle la mitad, pero al final echó la cabeza hacia atrás y dijo, medio riendo:

–No me puedo concentrar.

Wade sonrió. Bajó la cabeza hasta los senos y los

lamió con la lengua y con los labios, saboreándolos.

—¿Te ayudo? —se ofreció.

Rápidamente se abrió la camisa y se la quitó. Después se desabrochó los pantalones y se los quitó junto con los boxers. Después hizo lo mismo con ella, dejándola tan desnuda como él.

Por fin la tendió sobre el colchón.

—¿Tienes idea de cuántas veces he soñado con esto? —preguntó él, tendiéndose a su lado.

Le tomó el pecho otra vez, y la acercó a él pasándole un brazo por debajo de la cabeza.

—Tú me has mantenido con calor y ganas de vivir un montón de noches frías y solitarias en el otro extremo del planeta.

Sorprendido, vio que Phoebe tenía los ojos llenos de lágrimas.

—Estaba tan furiosa contigo por irte —dijo ella—. Por no venir a despedirte. Y después, después…

Después ella lo creyó muerto, desaparecido para siempre. Wade leyó la angustia en sus ojos.

—Shh —susurró—. Estoy aquí y nunca me iré de tu lado.

Le acarició con la palma de la mano la suave piel del vientre y después bajó la cabeza y le tomó un pezón con la boca. Succionando fuertemente, su cuerpo reaccionó endureciéndose y ella arqueó la espalda a la vez que le hundía las manos en los cabellos para sujetarlo pegada a ella.

Wade se tendió sobre ella, acomodándose entre la cálida cueva de sus muslos, y sintió los rizos de vello y la suave piel debajo. No pudo esperar más.

Despacio, la penetró, y sintió el cuerpo estrecho que lo rodeó. Demasiado estrecho.

—Tranquila, cielo, no pasa nada —dijo.

Dejó de moverse y se quedó inmóvil, a pesar de que su cuerpo le pedía lo contrario.

Debía haber pensado en ella, y sin embargo solo había pensado en lo mucho que necesita estar dentro de ella. No era algo únicamente sexual, sino mucho más, una especie de instinto que lo impulsaba a marcar cada centímetro de su cuerpo con su olor y con sus manos.

—Lo siento —susurró ella, moviéndose con incomodidad—. Cuando Bridget nació me pusieron un par de puntos y…

—Shh —dijo él, besando las lágrimas que amenazaban con caer—. Tranquila. No tenemos prisa.

Phoebe respiraba deprisa, pero Wade no quería que la primera vez después del nacimiento de Bridget fuera algo que deseara olvidar.

Se separó ligeramente de ella y deslizó una mano entre los dos, hacia el lugar donde sus cuerpos se unían. Con los dedos encontró el suave y diminuto botón escondido entre el vello rizado. Ligeramente la acarició en círculos, y casi le dio un infarto cuando el cuerpo femenino se convulsionó involuntariamente bajo él, a la vez que lo tomaba más profundamente en ella.

—¿Te ha gustado eso? —preguntó él.

Más que ver, Wade la notó asentir con la cabeza

en la oscuridad, y lo hizo otra vez, iniciando de nuevo el suave movimiento circular. Las caderas femeninas empezaron a moverse bajo las suyas, y Wade sintió el temblor de los muslos.

Él mismo estaba temblando con el esfuerzo de mantenerse inmóvil en un momento en el que todo lo llevaba a moverse hacia delante, pero resistió. Ahora las caderas femeninas se movían con un ritmo constante, que lo hacía entrar y salir de ella proporcionándole un placer casi insoportable.

–Oh, sí –dijo él con los dientes apretados–. Cariño, lo siento, no puedo… no puedo…

«Esperar» era lo que quería decir, pero no tuvo la oportunidad.

Sin aviso, Phoebe se arqueó bajo él y alcanzó el clímax más absoluto a la vez que los músculos internos se contraían a su alrededor una y otra vez. Wade perdió el control y empujó con las caderas hacia delante. Después se retiró y empujó otra vez.

Todavía estaba Phoebe temblando y agitándose bajo él cuando Wade sintió cómo su cuerpo se tensaba al máximo y se derramaba en ella en un estallido de placer que continuó hasta que los dos quedaron jadeando y tratando de recuperar la respiración.

Wade tenía la cabeza en la almohada junto a ella y sonrió cuando Phoebe volvió la cabeza y le dio un beso en los labios.

La dulzura del gesto lo desarmó. ¿Cómo pudo irse sin decirle que pensaba volver a su lado y reclamarla para siempre? Estaba tan preocupado por lo que habían hecho en un momento de dolor y vulnerabilidad, tan decidido a darle tiempo y espacio para pensar, que estuvo a punto de perder la oportunidad para siempre.

¿Y si hubiera conocido a otro y se hubiera casado con él al creerlo muerto? Era una idea que no podía soportar.

En lugar de eso, prefirió concentrarse en algo más real.

–¿Cuándo quieres que nos casemos? –preguntó.

La sintió sonreír sobre su garganta.

–Parece que ya tienes una fecha en mente.

–Sí –dijo él–. Ayer. ¿Cuánto se tarda en tener la licencia aquí en Nueva York?

–No tengo ni idea –respondió ella–. Como tú estarás en casa esta semana, ¿por qué no te enteras? Supongo que una vez que tengamos la licencia solo tendremos que pasar por el juzgado.

–De acuerdo. ¿Eso es lo que quieres? ¿Una ceremonia civil?

–No necesito una boda por todo lo alto en la iglesia, si es lo que estás preguntando –dijo ella–. A menos que a tu padre le parezca importante. ¿Quieres invitarlo?

A Wade le gustó ver la preocupación por los sentimientos de su padre.

–Lo invitaré, pero dudo que quiera subirse en un avión. Ni siquiera para eso. No creo que le importe mucho que nos casemos aquí.

–Vale –dijo ella, como si ya estuviera decidido–. Entérate de lo que hace falta y fijaremos la fecha.

Él asintió.

–Déjalo en mis manos –dijo Wade. Después movió las caderas y sonrió al sentir la reacción del cuerpo femenino pegado a él–. ¿Qué podemos hacer hasta entonces?

Phoebe se echó a reír y él bajó la cabeza hacia ella.

Y cuando empezó a besarla de nuevo, se le ocurrió la idea perfecta para el regalo de bodas. Era el momento de olvidar el pasado.

Decidió ocuparse de todo al día siguiente. En ese momento, tenía mejores cosas que hacer.

Pasaron dos semanas. Decidieron casarse en la primera semana de diciembre, en una sencilla ceremonia en el juzgado del condado, y Phoebe pidió un día libre por motivos personales.

Una tarde, a principios de noviembre, él dijo:

–He solicitado un trabajo en el sector privado. La idea de trabajar en un despacho del ejército y tener que trasladarme cada dos años no me atrae en absoluto.

Phoebe levantó la cabeza de los trabajos que estaba corrigiendo.

–¿Qué clase de trabajo es?

–Seguridad privada –dijo él, entregándole la carpeta negra que había estado leyendo.

–¿Guardaespaldas? –preguntó ella, tratando de ocultar su consternación.

–No exactamente –dijo él, y sonrió–. Un amigo

que dejó el ejército y ahora trabaja para ellos me habló de esta empresa. Se dedican a una serie de servicios especializados. Como secuestros y operaciones especiales que el gobierno quiere llevar a cabo sin demasiado bombo y platillo. También organizan servicios de protección para personas y para instituciones. El año pasado fueron los encargados de la seguridad de una importante exposición de joyas que hubo en el museo Metropolitano de Nueva York.

–¿Cómo se llama y dónde están?

–Servicios de Protección, S. A. –dijo él–. La sede está en Virginia, pero han decidido abrir sucursales en otras partes del país. La primera es en Los Ángeles.

–¿Nos iríamos a vivir allí?

–Si a ti no te importa.

–No –sonrió ella–. No me importaría. ¿Sabes para qué tipo de trabajo te contratarían?

–Espero que sea para dirigir la sucursal –dijo él–. Era el puesto que tenían vacante, y siendo un oficial del ejército puedo ocuparme de toda la organización. Me encantaría hacerlo –dijo él–. Es mucho más interesante que hacer lo mismo todos los días sentado en un despacho.

–Por eso me gusta enseñar –dijo ella–. Cada día hay algo diferente. Un niño con una necesidad especial, un enfoque diferente. Incluso las reuniones con los padres son diferentes.

–Seguro que eres una excelente profesora –dijo él.

–Lo intento. En mi opinión, formar a la siguiente generación es uno de los trabajos más importantes que hay –explicó. Después señaló el montón de trabajos que tenía delante de ella–. Y hablando de trabajo, más vale que continúe corrigiendo todo esto.

–Ah, corregir trabajos –dijo él, con una sonrisa–. Me excita.

Phoebe lo miró con el ceño fruncido.

–¿Hablar de corregir trabajos te excita?

Wade se levantó y echó a caminar hacia ella.

–Sí. ¿Lo quieres ver?

–¡Wade!

Phoebe hizo un falso esfuerzo para alejarse, pero Wade la sujetó y la apretó contra su cuerpo.

–Tengo que terminar de corregir los trabajos. No tardaré mucho.

–¿Cuánto rato?

–No mucho, unos diez minutos.

–¿Diez minutos? Lo siento, pero no puedo esperar tanto.

–Eres imposible –dijo ella, a la vez que él bajaba la cabeza y le tomaba la boca.

–Cuando se me mete algo en la cabeza no hay quien me pare –murmuró él, antes de besarla.

Phoebe sintió que le flaqueaban las rodillas y le rodeó el cuello con los brazos a la vez que echaba la cabeza hacia atrás y se relajaba. Wade se aprovechó inmediatamente de la garganta esbelta que le ofrecía y deslizó los labios hasta besarle el cuello de la blusa. Phoebe murmuró de placer.

Wade se inclinó y, deslizándole las manos por debajo de las rodillas, la alzó en brazos y la llevó escaleras arriba, subiendo los escalones de dos en dos.

–Peso mucho para esto –dijo ella–. Te harás daño. Déjame.

Él se echó a reír.

–¿Sabes cuántos kilos he tenido que subir por la ladera de una montaña? Créeme, cariño, no pesas nada –le aseguró.

Se detuvo en el último escalón y la besó intensamente.

–Además –añadió cuando por fin levantó la cabeza–, cuando tenía que subir la montaña, no tenía este tipo de incentivo esperándome en la cima.

Solo le llevó un momento cubrir la distancia hasta el dormitorio, otro para cruzar la habitación y dejarla en la cama.

Aunque en el último año Phoebe se había esforzado para no pensar en él durante el día, había soñado con él una y otra vez, incluso a pesar de creer que había muerto. Pero ninguno de sus sueños podía compararse con la embriagadora realidad de estar en sus brazos. Incluso ahora, muchas veces tenía la sensación de estar soñando.

Wade le quitó la camisa mientras ella le desabrochaba la suya y hacía lo mismo con el sujetador. Se detuvo un momento para que él se lo deslizara por los hombros y se lo quitara, y entonces él le tomó los senos con las manos y empezó a acariciarle los pezones rosados con los pulgares.

Wade apartó la mirada de los senos firmes y redondeados que sostenía en las manos y la miró a los ojos con una expresión cargada de calor y pasión. Phoebe sintió el cuerpo del hombre estremecerse contra ella. A regañadientes, Wade apartó las manos del cuerpo femenino y se quitó los vaqueros y los calzoncillos antes de tenderla sobre la cama.

Tomándole la mano, la guio en medio de los dos cuerpos, hasta su miembro erecto.

–Ayúdame.

Dio un respingo cuando la mano femenina rodeó la piel firme y sensible. Disfrutando del tacto sedoso de su cuerpo, tan duro y firme, Phoebe apretó la mano como sabía que a él le gustaba y lo acarició.

–Me estás matando –susurró él.

–Dime que no te gusta y pararé –dijo ella, a la vez que le mordisqueaba el hombro.

Él gimió.

–Eso nunca. Oh, cielo, sí.

Phoebe lo colocó en la entrada de su cuerpo y alzó las caderas. Cuando Wade la penetró gimió de placer y le sujetó las nalgas con las manos, para moverse con él, y en unos minutos establecieron un ritmo rápido y frenético que le provocó un ardor incontenible. La tensión que se fue multiplicando entre ellos estalló por fin, primero en ella, que se convulsionó en él, y después en él, cuando su cuerpo se tensó y explotó en un clímax estremecedor que lo dejó jadeando y temblando.

Cuando Phoebe recuperó la respiración y pudo volver a pensar, se estiró y depositó un beso en el hombro masculino.

–Ha sido increíble.

Wade rio a su vez.

–Sí, increíble –rodó a un lado con ella pegada al cuerpo y ella se acurrucó moldeando su cuerpo al de él–. Creo que hemos logrado dominarlo.

–¿Tú crees? Como profesora puedo decir que, según todos los estudios, cuando se llega a dominar un arte, es necesaria cierta práctica para reforzar el concepto.

–¿Es cierto eso? –dijo él, acariciándole la cadera y las nalgas–. En ese caso supongo que tendremos que seguir practicando hasta que estemos totalmente seguros de dominarlo por completo.

Ahora le tocó reír a ella.

–Nos llevará un tiempo.

–Probablemente –dijo él.

Capítulo Nueve

Wade tenía la entrevista de trabajo el viernes. Ya se había reunido con el director de recursos humanos, y la entrevista de ese día era con el propietario de la empresa.

–Le vas a caer fenomenal.

Phoebe recogió la taza de café mientras él metía los platos en el lavavajillas. Durante la semana desayunaban. Y por la noche él se ocupaba de empezar a preparar la cena antes de su regreso.

Hacían el amor todas las noches, y todas las mañanas ella despertaba en sus brazos con una extraña sensación de irrealidad.

Había tenido más de un año para acostumbrarse a la idea de que Wade no formaría parte de su vida, y durante la mitad de ese tiempo lo creyó muerto. A veces era difícil creer que pudiera ser tan feliz. Aunque «feliz» era una pobre expresión para expresar los sentimientos que la embargaban cada tarde al volver a casa del colegio y encontrarlo esperándola con su hija en brazos.

Cuando él la abrazaba y besaba hasta dejarla sin sentido, era capaz de silenciar la vocecita que le recordaba que Wade la deseaba, pero no la amaba.

–No te preocupes por Bridget –dijo Phoebe–. Angie se quedará con ella todo el día.

Wade asintió.

–Si la cosa no va bien seguro que estaré de vuelta a la hora de comer. Pero si me contratan seguro que volveré tarde.

Phoebe se puso de puntillas y lo besó mientras él se alisaba el uniforme. Como si fueran una auténtica familia.

–Buena suerte.

Lo vio subir al coche y lo despidió con la mano.

–Te quiero –murmuró.

¿Sería capaz de decirlo algún día en voz alta? Wade era feliz y estaba encantado con su hija. Y cuando la acariciaba… bueno, en ese sentido no tenían ningún problema. Pero a veces lo sorprendía con la mirada perdida y una expresión lejana, y se preguntaba en qué estaría pensando.

Tenía miedo de saberlo. Y tenía miedo de preguntarlo.

Melanie.

Las inseguridades de Phoebe habían dominado la relación con su hermana buena parte de su vida, y ahora volvían a aparecer de nuevo para recordarle que Wade había pertenecido a Melanie, pero nunca a ella.

Cierto que ahora Wade parecía feliz. ¿Por volver a contar con su amistad? ¿O por su nueva paternidad? ¿O tenía remordimientos por haberse ido después de dejarla embarazada? Phoebe temía que era una mezcla de todo.

«Pero ahora está conmigo. No me haría el amor como lo hace si no me quisiera al menos un poco. Deja de ser tan pesimista», se dijo por fin.

El día pasó lentamente, y Phoebe no dejó de preguntarse cómo iría la entrevista de Wade. Comprobó el teléfono móvil varias veces para ver si tenía algún mensaje, pero no había ninguna llamada.

Sabía que si la entrevista no había salido bien, Wade no la llamaría. Desde que lo conocía, Wade era un hombre muy celoso de sus sentimientos más profundos. Y ella sospechaba que si no quería hablar, sería imposible sacarle ninguna información.

Cuando por fin llegó a casa sintió que se animaba de nuevo. Allí estaba Bridget con Angie, que estaba sentada en el sofá con las piernas cruzadas, viendo un culebrón en la tele, cuando Phoebe entró por la puerta.

–Hoy se ha portado fenomenal –le informó Angie–. La he puesto a dormir la siesta sobre las dos, así que no creo que se despierte hasta por lo menos las cuatro. He dejado el periódico y el correo en la mesa.

–Muchas gracias –dijo Phoebe–. Y te agradezco que hayas venido hoy.

–Tranquila, ya sabes que me encanta cuidar de Bridget –dijo Angie, recogiendo sus cosas–. Deséame suerte en mi examen de psicología.

–Buena suerte –le dijo guiñando el ojo y sonriendo.

Cuando Angie se fue, Phoebe dejó la bolsa del colegio y se quitó los zapatos. Después fue a la cocina a beber algo.

Mientras tomaba un vaso de té frío, echó un vistazo al correo que Angie había dejado en la mesa de la cocina. Dejó a un lado un par de facturas, tiró tres ofertas de tarjetas de crédito a la basura y después abrió los dos sobres que parecían más personales.

El primero era una nota de agradecimiento de una profesora compañera para la que habían organizado una fiesta de despedida de soltera. La segunda llevaba un remite desconocido de California. Curiosa, abrió el sobre y sacó una hoja de papel.

Estimado señor Merriman:

Madres contra la Conducción Temeraria le agradece su generoso donativo en recuerdo de su amada Melanie Merriman. Permítanos expresarle nuestras más sentidas condolencias. Sin duda Melanie era una joven muy especial.

Con su donativo...

Confundida, Phoebe buscó el sobre y miró la dirección. Iba a nombre de Wade, aunque el apellido era Merriman. Además, llevaba una etiqueta de cambio de dirección. Phoebe se dio cuenta de que había sido reenviada desde la casa de su padre en California.

Volvió a leer la carta, y de repente lo vio con terrible claridad. En ese momento, la pequeña burbuja de esperanza que había alimentado estalló.

Wade había hecho un donativo en recuerdo de Melanie, «en recuerdo de su amada Melanie», a una organización conocida por sus programas de concienciación sobre los peligros de mezclar el alcohol y la conducción. Su «amada». Una oleada de desolación la recorrió y los ojos se le llenaron de lágrimas.

No le importaba el dinero, ni la idea. En el fondo, le gustó el honor en recuerdo de su hermana. Pero ahora no podía fingir que su matrimonio con Wade fuera algo más que mera conveniencia.

Asimismo, entendió con toda claridad que Wade nunca la amaría, porque seguía enamorado de su hermana.

Se hundió en una silla de la cocina y volvió a leer la carta. Entonces pensó que si el padre de Wade no hubiera mandado la carta, no se habría enterado del donativo.

Se le escapó un gemido. Se llevó una mano a la boca, pero fue incapaz de contener las lágrimas. Sabía que Wade no la amaba, así que no debía sentirse tan afectada.

Pero lo estaba. No solo afectada, sino desolada.

¿Cómo podía casarse con él? Su corazón no podría soportar tanto dolor. Ni siquiera por el bien de la maravillosa niña que dormía en el piso de arriba. No, no podía hacerlo.

Otro gemido escapó de su garganta y las lágrimas empezaron a derramarse por sus mejillas. Sin contenerlas, apoyó la cabeza en los brazos cruzados sobre la mesa y lloró.

Wade entró en la casa preguntándose dónde estaría Phoebe. El interfono estaba en silencio, así que no estaba arriba con Bridget. Quizá se estuviera echando una siesta, aunque lo dudaba. Quizá había sacado a Bridget al jardín.

Cruzó el salón y se dirigió hacia la cocina. Entonces se detuvo en seco al verla. Phoebe estaba sentada en una silla, con la cabeza apoyada en los brazos. El miedo se apoderó de él.

—¡Phoebe! —exclamó—. Cielo, ¿qué ocurre?

Corrió hacia ella. ¿Estaría enferma? ¿Le habría pasado algo a Bridget?

—Cariño, ¿qué ocurre? ¿Es Bridget?

Wade se arrodilló junto a la silla y fue a abrazarla, pero ella se levantó como impulsada por un resorte y se alejó de él.

—No —dijo entre gemidos—. No me toques —buscó un pañuelo en un cajón y le dio la espalda—. Bridget está bien.

Wade sintió un profundo alivio, aunque enseguida se dio cuenta de que tenía que ser algo más.

—Entonces ¿qué pasa? ¿Estás… enferma?

Phoebe se volvió hacia él con rabia en los ojos.

—No, Wade. No estoy enferma.

—¿Entonces qué pasa?

Ella intentó sonreír, pero le temblaban los labios y rápidamente cejó en el intento.

—No puedo casarme contigo.

—¿Por qué?

—No puedo. No sería justo.

—¿De qué demonios estás hablando? –preguntó él con rabia y frustración–. Maldita sea, me has dado un susto de muerte. Pensaba que os había pasado algo a Bridget o a ti. Y ahora me dices que no puedes casarte conmigo, pero no quieres decirme por qué.

Un tenso silencio siguió al enfurecido torrente de palabras, pero Phoebe no dijo nada, solo se quedó allí quieta, sin mirarlo.

Y en su postura, Wade leyó toda su determinación. Conocía a Phoebe, y conocía bien aquella postura.

Entonces se dio cuenta. Anonadado, se sentó en la silla que ella había dejado vacía.

—Es por Melanie, ¿verdad?

Phoebe contuvo la respiración y asintió. Una lágrima se le deslizó despacio por la mejilla.

—Dios mío –dijo él, sin alzar la voz.

El silencio se hizo de nuevo en la cocina mientras absorbía la información. Hacía tiempo que imaginaba y temía que Phoebe lo culpaba de la muerte de Melanie. Eso fue lo que le impidió contactar con ella después de la primera vez que hicieron el amor, y eso le costó los primeros meses de vida de su hija.

Cuando por fin había decidido intentar hablar con ella, Phoebe había desaparecido. Y cuando la encontró y supo de la existencia de Bridget, los remordimientos pasaron a un segundo plano mientras él se adaptaba a su nueva paternidad y se convencía de que Phoebe llegaría a amarlo algún día y pasarían el resto de sus vidas juntos.

Se pasó la mano por la cara y clavó los ojos en la mesa, incapaz de soportar el arrepentimiento y la lástima que seguramente habría en los ojos femeninos.

En la mesa había una carta con su nombre. Al menos su nombre de pila. Entonces se dio cuenta de lo que era. La fundación a la que había hecho un donativo en memoria de Melanie le había enviado una carta de agradecimiento.

—La he abierto sin darme cuenta —dijo Phoebe.

—Pensé que sería un regalo de bodas significativo.

—¿Un regalo de boda?

—Lo siento —dijo él—. Sé qué nunca podré decir o hacer nada para compensarte…

—No tienes que…

—… y si sirve de algo, yo tampoco me perdonaré nunca por no impedir la muerte de Melanie. Si hubiera reaccionado antes, habría podido detenerla. He repasado aquella noche miles de veces, y sé por qué me consideras responsable —se detuvo un momento—. Yo también lo hago.

—Wade…

—No —dijo él—. Solo dime qué quieres que haga. ¿Quieres que me vaya? —su voz se quebró—. Lo haré. Espero que me dejes ver a Bridget de vez en cuando, pero no te obligaré…

–¡Wade!

Por fin Wade se interrumpió. Al ver la angustiada expresión en el rostro masculino y oír el dolor en su voz, Phoebe se dio cuenta de lo que estaba pasando. No tenía nada que ver con un amor perdido. Wade se culpaba de la muerte de Melanie, y al darse cuenta de ello Phoebe olvidó su propio dolor.

–Wade –dijo.

Él no la miró, y ella volvió a repetir su nombre. Fue hasta la mesa y le tocó el brazo.

–Wade, mírame.

Despacio, él levantó la mirada hacia ella y Phoebe vio con incredulidad la expresión suplicante de sus ojos.

–No te culpo de eso –susurró. Se arrodilló junto a él en el suelo–. Nunca te he culpado de eso. Melanie era impulsiva, y muchas veces solo pensaba en sí misma. Además había bebido mucho. Ninguno de los dos somos responsables de lo que ocurrió aquella noche –Phoebe hizo una pausa y le puso la mano en la cara–. Yo no te culpo –le dijo otra vez.

–¿Entonces por qué? –Wade tragó saliva–. ¿Por qué no quieres casarte conmigo? Cielos, Phoebe, tardé mucho tiempo en darme cuenta, pero la noche de la fiesta supe que tú eras lo que faltaba en mi vida. Después del entierro me aproveché de tu dolor, lo sé. No tengo disculpa. Solo sé que por fin me di cuenta de que te amaba y que no podía alejarme de ti.

Calló y el silencio los envolvió de nuevo. El único sonido que se oía eran las respiraciones entrecortadas de los dos.

Phoebe estaba paralizada, sin lograr dar sentido a las palabras que acababa de oír.

–¿Phoebe? Perdona –dijo él, alarmado–. No debería haber…

–¿Me quieres?

Wade se interrumpió y buscó en sus ojos con incredulidad.

–¿No lo sabías? Creía que todo el mundo se había dado cuenta.

–No lo sabía –confirmó ella–. Pensaba… creía que todavía…

–¿Melanie?

Phoebe asintió.

–Al ver la carta he pensado que lo habías hecho porque sigues echándola de menos, y que había venido aquí por casualidad.

–Oh, cielo, no –dijo él, sujetándola por los codos y poniéndose en pie, levantándola con él–. Yo quería hacerte feliz. Quería algo especial para celebrar nuestro matrimonio –se detuvo un momento, mientras buscaba con cuidado las palabras–. Mis sentimientos por tu hermana fueron solo pasajeros. Melanie y yo no estábamos hechos en uno para el otro, eso se veía. Lo nuestro terminó mucho antes de la fiesta, y nunca me arrepentí de ello.

Sus ojos se encontraron de nuevo y ella vio un destello de esperanza en la mirada masculina.

–¿Me quieres? –repitió ella.

Era una tontería, lo sabía, pero no estaba segura de haberlo oído la primera vez.

–Te quiero –dijo él–. Te quiero desde la noche que bailamos juntos y me di cuenta de que me había equivocado de hermana.

Los ojos de Phoebe se llenaron de lágrimas.

–Yo también te quiero –dijo ella–. Oh, Wade, te quiero tanto –sonrió temblorosa–. Pellízcame. Debo estar soñando.

–De eso nada –dijo él–. Esto es real, cariño. Tan real como la niña que está durmiendo arriba –la apretó contra él y apoyó la frente en la suya–. Cásate conmigo, por favor, Phoebe.

Phoebe intentó asentir.

–Sí, me casaré contigo. Seré tu esposa.

–Y la madre de mis hijos –dijo él.

–¿Hijos? ¿Más de uno? –preguntó ella rodeándole el cuello con los brazos y acariciándole la nuca.

–Por supuesto que más de uno. Si Bridget es hija única, acabará siendo una malcriada –Wade se detuvo un momento–. ¿Cuándo te diste cuenta…?

–¿De que te quería? –Phoebe se echó a reír–. Aun a riesgo de hinchar tu vanidad a niveles insoportables, te lo diré. No puedo recordar ningún momento de mi vida que no te haya amado. Cuando tenía ocho años, y nueve, y diez, te adoraba. A las once y a los doce te idolatraba. A los trece estaba totalmente enamorada de ti, y cuando empezaste a salir con Melanie me partiste el corazón.

–No tenía idea –dijo él–. ¿Cómo no pude darme cuenta?

–Yo no era una chica muy abierta –le recordó ella.

–Sí, pero siempre te sentías muy cómoda conmigo. Estabas… enamorada de mí –dijo él–. Cielos, he estado a punto de estropearlo todo, ¿verdad?

Ella se encogió de hombros.

–Lo dudo.

En menos de diez minutos estaban los dos en la cama del dormitorio, una pierna de Wade entre las suyas y el peso de su cuerpo sobre ella. Ella se agitó bajo él, y él gimió, pero no continuó.

–Espera.

–¿A qué? –dijo ella, deslizando las manos entre los dos y acariciando los pezones masculinos.

–Dime que tú también lo sentiste –dijo él, sosteniéndose sobre ella apoyado en los antebrazos–, la noche que bailamos. Dime que yo no fui el único.

Phoebe deslizó las manos por la espalda y él se estremeció al sentirlas más abajo en su cuerpo, tratando de pegarlo a ella. Wade se adentró despacio en el calor de su cuerpo, que ya estaba preparado para recibirlo.

Ella dejó escapar un gemido de placer a la vez que movía las caderas para acomodarlo.

–No fuiste el único.

Entonces él bajo la cabeza, la besó, y los dos perdieron la noción de todo lo que querían decir.

Un rato después, Wade estaba tendido de espaldas en la cama, acariciándole el hombro con la mano, cuando ella recordó algo de repente.

–Se me ha olvidado. ¿Qué tal la entrevista?

La mano de Wade se detuvo un momento.

–Bien, me han ofrecido el puesto –dijo él sonriendo.

–Y has aceptado –dijo ella, sin preguntar.

–He dicho que tenía que pensarlo. No es en Los Ángeles, como imaginé en un principio.

–¿No? ¿Dónde es?

Wade volvió la cabeza hacia ella con una sonrisa de oreja a oreja.

–Un poco más al sur –concretó él–. Si acepto tendremos que mudarnos a San Diego.

–¡Sí! –exclamó ella con entusiasmo, y se incorporó de un salto en la cama–. Has aceptado, ¿verdad? ¡Volvemos a casa!

–He dicho que dependía de mi esposa –dijo él.

La sujetó por las muñecas y ella se lanzó sobre él, rodeándole el cuello con los brazos.

–No estaremos en Carlsbad –le advirtió él–. Es probable que tengamos que vivir cerca de Mission Bay.

–¡Llámalos ahora mismo y diles que aceptas! –dijo ella, descolgando el teléfono de la mesita y entregándoselo.

Wade soltó una carcajada.

–Está bien, está bien. Lo haré dentro de un momento.

Dejó el teléfono a un lado y la abrazó.

–¿Estás segura? –preguntó–. Sé que querías

quedarte aquí para conseguir una plaza fija, y puedo seguir buscando un trabajo por esta zona si prefieres que nos quedemos.

—¿De verdad harías eso por mí?

—Por nosotros —la corrigió él—. Decidamos donde decidamos vivir, quiero que estemos completamente seguros de la decisión.

Ella suspiró, deslizó las manos por el pelo masculino y lo atrajo hacia sí.

—Qué tonto —dijo ella—. ¿No sabes que contigo seré feliz en cualquier parte? —lo besó con infinita ternura—. Solo te necesito a ti, y a nuestra familia. Volver a California sería maravilloso, pero lo que de verdad quiero es pasar el resto de mi vida contigo.

Wade la tendió de nuevo sobre la cama, y ella se dio cuenta de que el sueño que había tenido durante tantos años por fin se había hecho realidad.

—Te quiero —murmuró.

—Y yo te quiero aquí —dijo él. La besó y deslizó las manos por su cuerpo—. Pero debo confesar que no es lo único que quiero hacer contigo.

Phoebe se echó a reír de felicidad. Wade, la hija que concibieron juntos fruto del amor, y un futuro tan cargado de esperanza como un bebé. Phoebe recordó a Melanie, y por primera vez sintió paz en el corazón. Y tuvo la corazonada de que, estuviera donde estuviera, Melanie se alegraría por ella.

ESCUCHANDO AL CORAZÓN

JULES BENNETT

Royal, Texas, era el lugar ideal para que Ryan Grant, una estrella de los rodeos, cambiase de vida y le demostrase a Piper Kindred que era la mujer de sus sueños. Cuando esta corrió a cuidarlo después de que él sufriese un accidente de coche, Ryan se dio cuenta de que seducir a su mejor amiga iba a ser mucho más fácil de lo que había pensado.

Sin embargo, Piper sabía que era probable que Ryan quisiera volver a los rodeos, y que corría el riesgo de que le rompiese el corazón. No podía permitirse enamorarse de un vaquero…

Ya no era dueña de sus sentimientos

¡YA EN TU PUNTO DE VENTA!

Acepte 2 de nuestras mejores novelas de amor GRATIS

¡Y reciba un regalo sorpresa!

Oferta especial de tiempo limitado

Rellene el cupón y envíelo a

Harlequin Reader Service®

3010 Walden Ave.

P.O. Box 1867

Buffalo, N.Y. 14240-1867

¡Si! Por favor, envíenme 2 novelas de amor de Harlequin (1 Bianca® y 1 Deseo®) gratis, más el regalo sorpresa. Luego remítanme 4 novelas nuevas todos los meses, las cuales recibiré mucho antes de que aparezcan en librerías, y factúrenme al bajo precio de $3,24 cada una, más $0,25 por envío e impuesto de ventas, si corresponde*. Este es el precio total, y es un ahorro de casi el 20% sobre el precio de portada. !Una oferta excelente! Entiendo que el hecho de aceptar estos libros y el regalo no me obliga en forma alguna a la compra de libros adicionales. Y también que puedo devolver cualquier envío y cancelar en cualquier momento. Aún si decido no comprar ningún otro libro de Harlequin, los 2 libros gratis y el regalo sorpresa son míos para siempre.

416 LBN DU7N

Nombre y apellido	(Por favor, letra de molde)

Dirección	Apartamento No.

Ciudad	Estado	Zona postal

Esta oferta se limita a un pedido por hogar y no está disponible para los subscriptores actuales de Deseo® y Bianca®.

*Los términos y precios quedan sujetos a cambios sin aviso previo.

Impuestos de ventas aplican en N.Y.

SPN-03

ONCE AÑOS DE ESPERA

ANDREA LAURENCE

Años atrás, Heath Langston se casó con Julianne Eden. Sus padres no habrían dado su aprobación, por lo que cuando el matrimonio quedó sin consumar, los dos siguieron caminos separados sin decirle a nadie lo que habían hecho.

Una desgracia familiar obligó a Heath y a Julianne a regresar a la ciudad en la que ambos nacieron, y a la misma casa. Heath estaba ya harto de vivir una mentira. Había llegado el momento de que Julianne le concediera el divorcio que ella llevaba tanto tiempo evitando... o de que cumpliera la promesa que se reflejaba en las ardientes miradas que le dedicaba.

¿Se convertiría por fin en su esposa?

[5]

¡YA EN TU PUNTO DE VENTA!